잠언에서 만난 자녀 축복기도문

자녀를 축복하는
물매돌 기도

잠언에서 만난 자녀 축복 기도문

자녀를 축복하는
물매돌 기도

박근우 지음

이와 같이 성령도 우리의 연약함을 도우시나니
우리는 마땅히 기도할 바를 알지 못하나
오직 성령이 말할 수 없는 탄식으로 우리를 위하여 친히 간구하시느니라

로마서 8:26

사무엘 출판사

이 책의 사용 방법

1. 하나님을 찬양한 후에 기도하십시오.
2. 40일 동안 자녀를 위해 기도하는 시간을 정하여 기도하십시오.
3. ○○에 자녀의 이름을 넣어 기도하십시오.
4. 이 기도문을 활용하시되 구체적인 기도를 더하여 드리십시오.
5. 믿음으로 구하고 감사의 찬양을 드리십시오.
6. 기도하신 후 주님을 신뢰하시고 감사의 찬양을 하십시오.

엄마의 기도와 실천

1. 자녀의 모습이 나의 모습임을 깨닫고 본이 되는 삶을 살아가는 엄마가 되게 하소서.
2. 자녀에게 화가 나고, 비난하고 싶을 때, 자녀의 행동을 이해할 수 없어도 사랑으로 보듬게 하소서.
3. 사소한 짜증과 아픔, 고통, 실수와 불평이 나올 때에도 관용하게 하소서.
4. 인내에 인내를 더할 수 있게 해 주소서.
5. 자녀를 있는 모습 그대로 받아들이는 포용력을 주소서.
6. 자녀가 하나님의 선물이요, 내게 맡겨진 존재임을 잊지 않게 하소서.
7. 지치고 힘들 때에도 자녀를 위해 움직일 수 있는 힘과 건강을 주소서.
8. 자녀의 건강과 옷차림은 엄마의 책임임을 깨닫게 하소서.

9. 자녀의 물음에 귀 기울인 후에 대답해 주고, 작은 갈등도 함께 고민하고, 하나님의 말씀대로 살아가도록 지도할 수 있는 지혜를 주소서.

10. 자녀를 향한 하나님의 꿈과 비전을 볼 수 있게 하소서.

Contents

1. 기도하는 부모가 되게 하소서

내가 일하면 내가 일하는 것이 되지만,
내가 기도하면 하나님께서 일하신다.
– 패트릭 존스튼

하나님 아버지! ○○를 위해 기도하는 부모가 되게 하여 주시옵소서.

"사람의 마음에는 많은 계획이 있어도 오직 여호와의 뜻만이 완전히 서리라"(19:21)는 주님의 말씀을 묵상할 때에 주님만이 ○○의 참된 양육자이심을 깨닫습니다.

그러므로 주님께 기도하지 않을 수 없고, 기도가 가장 좋은 양육의 방법임을 믿습니다.

○○를 위해 기도하는 습관을 가진 부모가 되게 하시고 무슨 일을 만나든지 기도하게 하여 주시옵소서.

○○를 양육하다 보면 부모로서 마음이 아프고 힘든 순간이 오리라는 것을 알고 있습니다. 그러나 그런 순간에 걱정하고 슬퍼하기 보다는 기도하게 하여 주시옵소서.

다른 이들과 비교하며 ○○에 대해서 조급함이 밀려 올 때에도 주님께 기도하고 맡기게 하여 주시옵소서.

○○를 위해 어떤 계획을 세울 때에도 저희들의 생각과 판단을 주장하기보다 기도함으로 주님의 뜻을 먼저 구하게 하여 주시옵소서.

　　○○를 향한 나쁜 감정이 솟아나는 순간에도 하나님의 마음을 구하여 기도하게 하여 주시고 그때마다 주님은 사랑의 마음을 부어 주셔서 후회할 행동을 하지 않게 하여 주시옵소서.

　　○○가 저희의 기대치에 미치지 못하는 행동을 할 때에도 다그치기보다 기도하고 인내로써 기다려주는 부모가 되게 하여 주시옵소서.

　　기도를 통해 부모로서 지켜야 할 자리를 지키게 하여 주시고 기도를 통해 신앙과 인격적인 부분에서 본을 보일 수 있도록 하여 주시옵소서.

　　주님, 어떤 순간에도 기도의 양육을 포기하지 않게 하여 주시옵소서.

　　주님을 신뢰하고 또 신뢰합니다.

　　주님께서 기도로 ○○를 양육할 때에 ○○와 저희 가정을 지키시고 선한 길로 인도하심을 믿고 감사드립니다.

　　예수님의 이름으로 기도드립니다.

　　아멘.

지혜 있는 자에게 교훈을 더하라 그가 더욱 지혜로워질 것이요
의로운 사람을 가르치라 그의 학식이 더하리라 (9:9)
손자는 노인의 면류관이요 아비는 자식의 영화니라 (17:6)
진리를 사되 팔지는 말며 지혜와 훈계와 명철도 그리할지니라
의인의 아비는 크게 즐거울 것이요
지혜로운 자식을 낳은 자는 그로 말미암아 즐거울 것이니라 (23:23~24)
채찍과 꾸지람이 지혜를 주거늘 임의로 행하게 버려 둔 자식은
어미를 욕되게 하느니라 (29:15)
네 자식을 징계하라 그리하면 그가 너를 평안하게 하겠고
또 네 마음에 기쁨을 주리라
묵시가 없으면 백성이 방자히 행하거니와 율법을 지키는 자는
복이 있느니라 (29:17~18)

2. 신앙의 본을 보이는 부모가 되게 하소서

신앙이 강하면 강할수록 그 사람의 생활은 흔들림이 적다.
신앙은 삶의 힘이다.
– 아우구스티누스

하나님 아버지! ○○에게 신앙의 본을 보이는 부모가 되게 하여 주시옵소서.

말로써 훈계하고 가르치는 것이 아니라 삶으로써 본을 보이는 부모가 되게 하여 주시옵소서.

주님의 말씀을 읽고 묵상하는 부모가 되게 하여 주시옵소서.

예배를 항상 삶의 중심에 두고 살아가는 부모가 되게 하여 주시옵소서.

무슨 일을 만나든지 기도하는 부모가 되게 하여 주시옵소서.

찬송하기를 좋아하는 부모가 되게 하여 주시옵소서.

어려움 중에도 감사하고 기뻐하는 부모가 되게 하여 주시옵소서.

항상 소망의 말을 하고 격려하는 부모가 되게 하여 주시옵소서.

아내로서, 남편으로서 서로 섬기고 사랑하는 부모가 되게 하여 주시옵소서.

　정직한 부모가 되게 하여 주시옵소서.
　의로운 일을 택할 줄 아는 부모가 되게 하여 주시옵소서.
　이웃과 어른들을 섬기는 부모가 되게 하여 주시옵소서.
　어려운 사람들을 위해 나눌 수 있는 부모가 되게 하여 주시옵소서.
　주님과 뜻을 맞추어 순종하는 부모가 되게 하여 주시옵소서.
　주님께서 인정해주시는 참된 성공을 중요하게 여기는 부모가 되게 하여 주시옵소서.
　이웃과 화평을 만들어가는 부모가 되게 하여 주시옵소서.
　성실하게 노력하는 부모가 되게 하여 주시옵소서.
　누구에게나 겸손하고 존중하는 부모가 되게 하여 주시옵소서.

　좋은 취미를 지닌 부모가 되게 하여 주시옵소서.
　힘들어도 가족을 배려하고 사랑하는 부모가 되게 하여 주시옵소서.
　건강의 소중함을 알고 지킬 줄 아는 부모가 되게 하여 주시옵소서.
　○○와 많은 시간을 함께할 수 있는 부모가 되게 하여 주시옵소서.
　누구보다 ○○를 잘 이해하고 믿어주는 부모가 되게 하여 주시옵소서.
　○○에게 이해 받는 부모가 되게 하여 주시옵소서.
　예수님의 이름으로 기도드립니다.
　아멘.

다윗의 아들 이스라엘 왕 솔로몬의 잠언이라

이는 지혜와 훈계를 알게 하며 명철의 말씀을 깨닫게 하며

지혜롭게, 공의롭게, 정의롭게, 정직하게 행할 일에 대하여

훈계를 받게 하며 어리석은 자를 슬기롭게 하며

젊은 자에게 지식과 근신함을 주기 위한 것이니

지혜 있는 자는 듣고 학식이 더할 것이요

명철한 자는 지략을 얻을 것이라

잠언과 비유와 지혜 있는 자의 말과 그 오묘한 말을 깨달으리라

(잠 1:1~6)

3. 주님을 경외하는 자녀가 되게 하소서

성실한 친구는 든든한 피난처로서 그를 얻게 되면 보물을 얻은 것이다.
성실한 친구는 값으로 따질 수 없으니 어떤 저울로도 그의 가치를 달 수 없다.
성실한 친구는 생명을 살리는 명약이니 주님을 경외하는 이들은 그런 친
구를 얻으리라.
– 집회서 6:14~16

하나님 아버지! ○○가 하나님을 경외하는 자녀로 살게 하여
주시옵소서.

"여호와를 경외하는 것은 생명의 샘(14:27)"이라는 말씀을 믿습
니다.

또 사람이 온 천하를 얻고도 자기 목숨을 잃어버리거나 빼앗기
면 아무런 유익이 없는 줄도 압니다. 그러므로 주님, ○○는 주님
을 경외하며 살게 하여 주시옵소서.

주님, 이 세대가 악하여 주님을 경외하며 살아가는 것이 참으
로 어렵습니다.

그러나 주님, 아브라함이 주님 말씀에 두려워 떨며 순종했던
것처럼 ○○도 그렇게 주님을 경외하기를 원합니다.

주님께서 ○○의 마음을 만지시고, 지혜의 문을 열어 주님을
더 많이 알게 하여 주시옵소서.

마음을 빼앗길 만한 것들이 세상에 많이 있지만 주님께 마음을

향하게 하여 주시고, 어려서부터 깨끗한 마음으로 예배드리게 하여 주시옵소서.

주님, ○○가 자라면서 스스로 생각하고 결정할 일이 많아집니다. 그럴 때마다 스스로 교만해지지 않게 하여 주시고 지혜의 근본이신 주님께 기도하게 하여 주시옵소서.

○○가 인생의 꿈을 그릴 때에는 겸손히 주님의 뜻을 묻게 하시고, ○○가 직업을 선택할 때에도 먼저 주님의 뜻을 헤아리는 자녀가 되게 하여 주시옵소서.

○○가 중요한 결정을 내려야 할 때에도 다윗처럼 주님의 뜻을 먼저 찾고, 또 주님의 뜻에 겸손히 순종하게 하여 주시옵소서.

주님, ○○가 주님을 경외할 때에 ○○의 인생에 아름답고 영화로운 면류관을 주시고, 지식과 명철을 더하여 주시옵소서.

또, ○○의 인생 중에 고난이 있을지라도 주님께서 견고한 피난처가 되어 주시고 생명의 샘이 되어 주셔서 사망의 그물에서 벗어나게 하여 주시옵소서.

주님께서 ○○를 주님을 경외하는 순전한 신앙인이 되게 하실 것을 믿습니다.

예수님의 이름으로 기도드립니다.

아멘.

그를 높이라 그리하면 그가 너를 높이 들리라
만일 그를 품으면 그가 너를 영화롭게 하리라
그가 아름다운 관을 네 머리에 두겠고
영화로운 면류관을 네게 주리라 하셨느니라(4:8~9)
여호와를 경외하는 것은 악을 미워하는 것이라
나는 교만과 거만과 악한 행실과 패역한 입을 미워하느니라(8:13)
여호와를 경외하는 것이 지혜의 근본이요
거룩하신 자를 아는 것이 명철이니라(9:10)
여호와를 경외하는 자에게는 견고한 의뢰가 있나니
그 자녀들에게 피난처가 있으리라(14:26)

4. 하나님의 기쁨이 되는 자녀가 되게 하소서

하나님을 기쁘시게 하는 일에는 수천 가지가 있다. 그러나 믿음의 은사
없이는 할 수 있는 일이 하나도 없다.
– 토저

하나님 아버지! ○○가 주님의 기쁨이 되는 자녀가 되기 원합
니다.

주님께서 우리 가정에 ○○를 보내 주심을 감사드립니다.

○○를 통해 순간순간 눈물이 흐를 만큼 큰 기쁨과 감격을
경험합니다.

그래서 ○○는 우리 가정의 가장 소중한 보배입니다. 부모로서
○○를 통해 기쁨을 경험하기에 주님께도 ○○가 기쁨이 되고 즐
거움이 되기를 원합니다.

○○가 주님께서 기뻐하시는 것과 싫어하시는 것을 배우게 하
여 주시옵소서.

하나님 아버지 ○○는 어려서부터 예배드리기를 좋아해서 하나
님께 기쁨이 되기를 원합니다.

마음을 담은 찬송을 부르는 자녀가 되게 하시고 정직한 기도로
아버지의 기쁨이 되게 하여 주시옵소서.

마음을 빼앗길 만한 것이 세상에 많이 있지만 ○○는 주님의 말씀

을 더 좋아하여 주님께 기쁨이 되는 자녀가 되게 하여 주시옵소서.

거짓말보다 정직하고 진실한 말을 하게 하여 주시옵소서.

미운 말보다 바르고 고운 말을 사용하게 하여 주시옵소서.

허탄한 말보다 주님께서 기뻐하시는 생명을 살리는 말을 하게 하여 주시옵소서.

○○에게 지혜와 명철을 주셔서 순간순간 주님께서 기뻐하실 만한 기특한 생각을 하게 하시고 실천하게 하여 주시옵소서.

주님께서 ○○의 마음을 지켜 주셔서 마음이 탁해지지 않게 하여 주시옵소서.

깨끗하고 순결한 마음을 가진 자녀가 되게 하시고 정결한 삶을 살게 하여 주님의 기쁨이 되게 하여 주시옵소서.

하나님 아버지 ○○가 연약하기 때문에 넘어지더라도 진심으로 회개하고 돌이키는 자녀가 되게 하시고 말씀대로 살기 위해 애쓰는 자녀가 되게 하여 주시옵소서.

○○는 주님의 마음을 닮아 연약한 사람들과 지친 사람들을 위해 기도하는 자녀가 되게 하시고 주님의 사랑을 나눌 줄 아는 자녀가 되게 하여 주시옵소서.

그리고 ○○가 주님께서 맡기신 사명을 감당해야 할 때에는 충성된 자가 되게 하셔서 여름날 얼음 냉수처럼 주님의 마음을 즐겁게 하는 자녀가 되게 하여 주옵소서.

예수님의 이름으로 기도드립니다.

아멘.

마음의 정결을 사모하는 자의 입술에는 덕이 있으므로
임금이 그의 친구가 되느니라(22:11)
내 아들아 만일 네 마음이 지혜로우면 나 곧 내 마음이 즐겁겠고
만일 네 입술이 정직을 말하면 내 속이 유쾌하리라
네 마음으로 죄인의 형통을 부러워하지 말고
항상 여호와를 경외하라
정녕히 네 장래가 있겠고
네 소망이 끊어지지 아니하리라(23:15~18)
충성된 사자는 그를 보낸 이에게 마치 추수하는 날에
얼음 냉수 같아서 능히 그 주인의 마음을 시원하게 하느니라(25:13)

5. 기도하는 자녀가 되게 하소서

기도를 통해 하나님이 일을 하시고, 기도하는 자는 하나님의 일을 한다.
기도 없는 곳에는 사람만 일하고, 기도 있는 곳에선 하나님이 일하신다.
기도는 노력 더하기 노력이 아니라, 노력 곱하기 노력이다.

하나님 아버지! ○○가 기도하는 자녀가 되기를 원합니다.

쉬지 말고 기도하는 것이 우리를 향한 주님의 뜻이기에 ○○는
기도하는 자녀가 되기를 원합니다.

주님, ○○의 입술에 정직하고 깨끗한 소원을 담아 주시옵소서.

○○가 어려서부터 주님께 기도하는 습관을 가지도록 하여 주
시옵소서.

순수한 마음으로 기도하게 하여 주시고 또 주님께서 응답해 주
실 것을 순전히 믿게 하여 주시옵소서.

주님, ○○가 기도의 능력을 경험하기를 원합니다.

○○가 스스로 해결할 수 없는 어려움이나 마음의 간절한 소원
으로 주님께 기도하면 반드시 응답해 주시기를 원합니다.

그래서 ○○가 기도의 능력을 경험하고 주님을 신뢰하게 하여
주시옵소서.

주님, ○○가 주님께서 기뻐하시는 기도를 드리는 자녀 되기를

원합니다.

　자기 자신의 소원만을 간구하는 기도를 드리지 않게 하여 주시옵소서.
　먼저, 하나님의 뜻을 구하는 자녀가 되게 하여 주시고 이웃과 세상을 위해서 기도하는 자녀가 되게 하여 주시옵소서.
　또, 주님께 입을 크게 열어 구하기보다는 주님께 귀를 크게 열어 듣는 기도를 배우게 하여 주시옵소서.
　"사람이 마음으로 자기의 길을 계획할지라도 그의 걸음을 인도하시는 이는 여호와시니라"(16:9)는 말씀을 믿습니다.
　그러므로 ○○는 주장하는 기도보다 주님의 뜻을 구하고 응답을 기다리는 자녀가 되게 하셔서 지혜롭고 현명한 선택을 하게 하여 주시옵소서.

　주님, ○○가 기도의 능력을 아는 자녀가 되어 살아가면서 어려움이 있을 때마다 염려하고 근심하지 않고 주님께 기도하고 감사하는 자녀가 되게 하여 주시옵소서.
　주님께서 ○○를 기도하는 자녀가 되게 하실 것을 믿습니다.
　예수님의 이름으로 기도드립니다.
　아멘.

내 아들아 네가 만일 나의 말을 받으며 나의 계명을 네게 간직하며
네 귀를 지혜에 기울이며 네 마음을 명철에 두며
지식을 불러 구하며 명철을 얻으려고 소리를 높이며
은을 구하는 것 같이 그것을 구하며 감추어진 보배를 찾는 것 같이
그것을 찾으면 여호와 경외하기를 깨달으며 하나님을 알게 되리니
대저 여호와는 지혜를 주시며 지식과 명철을 그 입에서 내심이며
그는 정직한 자를 위하여 완전한 지혜를 예비하시며
행실이 온전한 자에게 방패가 되시나니
대저 그는 정의의 길을 보호하시며
그의 성도들의 길을 보전하려 하심이니라(2:1~8)

6. 주님의 은총을 받는 자녀가 되게 하소서

솔로몬아! 바르실래의 아들들에게 은총을 베풀어 그들로 네 상에서 먹는 자 중에 참여하게 하라. 내가 네 형 압살롬의 낯을 피하여 도망할 때에 그가 내게 나아왔느니라.
– 열왕기상 2:7

주님, ○○가 주님의 은총을 받는 자녀가 되기를 원합니다.

○○가 매 순간 주님의 은총 속에서 자고 일어나게 하여 주시옵소서.

○○가 어느 곳을 다니든지 주님의 은총 안에 있어 해로운 것을 접하지 않게 하시고 위험한 것으로부터 보호받게 하여 주시옵소서.

어떻게 해야 할지 모르는 다급한 순간에도 주님의 은총으로 옳은 선택을 하게 하여 주시옵소서.

위험한 일을 만날 때에도 주님께서 견고한 반석이 되어 지켜 주시옵소서.

○○의 몸에 은총을 주셔서 건강하게 자라게 하여 주시옵소서.

○○의 마음에 은총을 주셔서 밝고 깨끗한 마음을 주시옵소서.

혼탁하고 두려운 마음으로부터 ○○를 지켜 주시옵소서.

주님, ○○에게 지혜와 명철의 은총을 베푸셔서 무엇을 배우든지 잘 이해하고 깨닫게 하여 주시옵소서.

○○가 항상 현명하게 생각하고 결정하게 하여 주시옵소서.

주님, ○○에게 사랑의 은총을 베푸셔서 ○○가 어느 곳에 있든지 사람들에게 인정받고 사랑받게 하여 주시옵소서.

부모에게 더 사랑받게 하시고 좋은 친구들에게 사랑받게 하시고 이웃들에게 환대받게 하여 주시옵소서.

주님, ○○에게 물질의 은총을 주시기 원합니다.

물질의 어려움으로 인해 많은 시간과 에너지를 소비하지 않게 하여 주시고 또 물질을 다스리지 못함으로 인해 넘어지지 않을 만큼, 필요와 때를 따라서 풍성하게 물질을 부어 주시옵소서.

주님, ○○가 이와 같은 주님의 은총을 받으며 주님을 신앙하며 살아가는 삶의 기쁨과 즐거움을 알게 하여 주시옵소서.

○○가 주님 때문에 감사하며 늘 기뻐하게 될 줄 믿습니다.

예수님의 이름으로 기도드립니다.

아멘.

아들들아 이제 내게 들으라 내 도를 지키는 자가 복이 있느니라

훈계를 들어서 지혜를 얻으라 그것을 버리지 말라

누구든지 내게 들으며 날마다 내 문 곁에서 기다리며

문설주 옆에서 기다리는 자는 복이 있나니

대저 나를 얻는 자는 생명을 얻고 여호와께 은총을 얻을 것임이니라

그러나 나를 잃는 자는 자기의 영혼을 해하는 자라

나를 미워하는 자는 사망을 사랑하느니라(8:32~35)

여호와의 이름은 견고한 망대라

의인은 그리로 달려가서 안전함을 얻느니라(18:10)

물매돌 기도 **33**

7. 말씀을 사모하는 자녀가 되게 하소서

내가 주의 법을 어찌 그리 사랑하는지요
내가 그것을 종일 작은 소리로 읊조리나이다
주의 계명들이 항상 나와 함께하므로 그것들이 나를 원수보다 지혜롭게
하나이다
- 시편 119:97, 98

주님, ○○가 주님의 말씀을 사모하는 자녀가 되기를 원합니다.

주님의 말씀은 지혜롭게, 공의롭게, 정의롭게, 정직하게 행할
일에 대하여 훈계를 주며 어리석은 자를 슬기롭게 하며 젊은 자
에게 지식과 근신함을 주기 위한 것(1:3~4)임을 믿습니다.

그러므로 주님, ○○가 평생 주님의 말씀을 사모하며 묵상하는
자녀가 되게 하여 주시옵소서.

주님의 말씀이 ○○의 마음에 송이꿀처럼 달게 하여 주시옵소서.

주님의 말씀을 사랑하여 읽고 묵상하고 또 쓰는 자녀가 되게
하여 주시옵소서.

아무리 바빠도 매일 말씀을 읽고 묵상하는 자녀가 되게 하여
주시옵소서.

주님, ○○가 주님의 말씀을 읽을 때에 성령님께서 지혜의 문
을 열어 주시고, 밝히 알 수 있게 비춰 주셔서 말씀을 깨닫게 하
시고 주님의 뜻을 발견하게 하여 주시옵소서.

○○에게 훌륭한 말씀의 교사를 만나게 하여 주셔서 바르고 건강한 말씀을 배우게 하여 주시옵소서.

○○가 말씀에 순종하여 행동할 때에는 말씀대로 이루어지는 경험을 하게 하여 주시옵소서. 그리하여 ○○가 주님의 말씀은 참으로 생명력이 있고 진실함을 알게 하여 주시옵소서.

주님, ○○의 마음과 입술을 말씀으로 지켜 주시옵소서.

늘 입에서 주님의 말씀이 흘러나오게 하시고, 악한 생각과 유혹이 찾아 올 때에도 말씀으로 인해 넘어지지 않게 하여 주시옵소서. 주님의 말씀은 다 순전하며 주님은 그를 의지하는 자의 방패(30:5)이심을 알게 하여 주시옵소서.

○○는 주님의 말씀을 사랑하고, 말씀대로 믿고, 말씀에 순종하는 자녀가 되게 하여 주실 것을 믿음으로 감사드립니다.

예수님의 이름으로 기도드립니다.

아멘.

다윗의 아들 이스라엘 왕 솔로몬의 잠언이라

이는 지혜와 훈계를 알게 하며 명철의 말씀을 깨닫게 하며

지혜롭게, 공의롭게, 정의롭게, 정직하게 행할 일에 대하여

훈계를 받게 하며 어리석은 자를 슬기롭게 하며

젊은 자에게 지식과 근신함을 주기 위한 것이니

지혜 있는 자는 듣고 학식이 더할 것이요

명철한 자는 지략을 얻을 것이라

잠언과 비유와 지혜 있는 자의 말과 그 오묘한 말을 깨달으리라(잠 1:1~6)

내 아들아 내 말에 주의하며 내가 말하는 것에 네 귀를 기울이라

그것을 네 눈에서 떠나게 하지 말며 네 마음속에 지키라

그것은 얻는 자에게 생명이 되며

그의 온 육체의 건강이 됨이니라(4:20~22)

8. 하나님을 신뢰하는 자녀가 되게 하소서

예수께서 그들에게 대답하여 이르시되 하나님을 믿으라
– 마가복음 11:22

"너는 내일 일을 자랑하지 말라 하루 동안에 무슨 일이 일어날
는지 네가 알 수 없음이니라"(27:1)는 말씀처럼 우리가 신뢰할 분
은 오직 주님이심을 믿습니다.

그러므로 ○○가 주님을 무엇보다 신뢰하는 자녀가 되기를 원
합니다.

주님, ○○가 자라면서 생각이 많아지고 지식이 많아질지라도
주님 앞에 겸손한 자녀가 되게 하여 주시옵소서.

○○는 지식을 의지하기보다 주님을 더 신뢰하게 하여 주시
옵소서.

사람들을 신뢰하기보다 주님을 신뢰하게 하여 주시옵소서. 그
러나 사람들을 불신하지는 않게 하시고 더욱더 사람들을 사랑하
게 하여 주시옵소서.

주님, ○○는 허탄한 말에 귀를 기울이기보다 주님의 말씀에 귀
를 기울이게 하여 주시옵소서.

주님, ○○의 눈앞에 두려운 일들이 생길 때에 두려워하기보다
주님을 믿고 기도하며 인내하게 하여 주시옵소서.

급하고 조급하게 만드는 일을 만날 때에도 주님을 신뢰함으로 우선순위를 지키게 하여 주시옵소서.

세상의 유행과 풍조를 따르기보다 영원한 진리이신 주님을 신뢰하는 ○○가 되게 하여 주시옵소서.

○○가 스스로 해결할 수 없는 문제를 만났을 때에는 주님께 온전히 맡기고 주님의 인도하심을 바라보는 ○○가 되게 하여 주시옵소서.

때론 ○○가 기대했던 대로 일이 풀리지 않을 때에도 여전히 주님을 신뢰하고 실망하고 낙심하지 않게 하여 주시옵소서.

주님, ○○가 온전히 주님의 주권을 인정하고 모든 계획을 주님께 맡기고 결과가 어떠하든지 주님을 신뢰하는 자녀가 되게 하여 주시옵소서.

"너의 행사를 여호와께 맡기라 그리하면 네가 경영하는 것이 이루어지리라"(16:3)는 말씀을 믿사오니 ○○를 복된 삶의 길로 인도하여 주실 것을 믿습니다.

예수님의 이름으로 기도드립니다.

아멘.

너는 마음을 다하여 여호와를 신뢰하고 네 명철을 의지하지 말라
너는 범사에 그를 인정하라 그리하면 네 길을 지도하시리라(3:5~6)
너는 갑작스러운 두려움도 악인에게 닥치는 멸망도 두려워하지 말라
대저 여호와는 네가 의지할 이시니라
네 발을 지켜 걸리지 않게 하시리라(3:25~26)
너의 행사를 여호와께 맡기라
그리하면 네가 경영하는 것이 이루어지리라(16:3)
사람이 마음으로 자기의 길을 계획할지라도
그의 걸음을 인도하시는 이는 여호와시니라(16:9)
제비는 사람이 뽑으나 모든 일을 작정하기는 여호와께 있느니라(16:33)
너는 악을 갚겠다 말하지 말고 여호와를 기다리라
그가 너를 구원하시리라(20:22)
너는 내일 일을 자랑하지 말라
하루 동안에 무슨 일이 일어날는지 네가 알 수 없음이니라(27:1)

9. 물질보다 하나님과 사람을 더 사랑하는 자녀가 되게 하소서

저희에게 이르시되 삼가 모든 탐심을 물리치라 사람의 생명이
그 소유의 넉넉한 데 있지 아니하니라 하시고
– 누가복음 12:15

주님, ○○가 물질보다 주님과 사람을 더 사랑하는 자녀가 되기를
원합니다.

○○가 물질에 대하여 분명한 기준과 가치관을 가질 수 있게 하여 주
시옵소서.

부모인 저희들이 ○○에게 주님께서 원하시는 물질관을 가르칠 수
있도록 지혜를 주시옵소서.

주님, ○○가 물질을 얻기 위해 신앙을 버리지 않게 하여 주시옵소서.

물질을 얻기 위해 인생을 허비하지 않게 하여 주시옵소서.

정직하고 깨끗한 물질을 얻게 하여 주시옵소서.

물질을 귀히 여기되 탐욕을 품지 않게 하여 주시옵소서.

○○가 주님이 물질의 진정한 주인임을 알게 하여 주시옵소서.

물질과 주님을 저울질 하지 않게 하여 주시옵소서.

물질보다 주님을 선택하는 ○○가 되게 하여 주시옵소서.

물질을 통해 주님께 감사하는 ○○가 되게 하여 주시옵소서.

물질을 주님 안에서 건강하게 누리고 살아가는 ○○가 되게 하여 주

시옵소서.

물질을 주님을 위해 사용하는 방법을 알게 하여 주시옵소서.

물질을 통해 주님께 영광을 돌리는 ○○가 되게 하여 주시옵소서.

주님, 물질보다 사람을 소중히 여기는 ○○가 되게 하여 주시옵소서.

물질을 얻고자 다른 이에게 상처를 주지 않게 하여 주시옵소서.

물질과 사람의 생명을 저울질 하지 않게 하여 주시옵소서.

오히려 물질을 통해 누군가를 살게 하는 ○○가 되게 하여 주시옵소서.

솔로몬의 기도처럼 ○○에게 물질의 복을 주시되 ○○가 물질의 많음으로 인해 주님을 모른다고 하지 않게 하시고 또 물질이 없음으로 하나님의 영광을 가리지 않게(30:9) 하여 주시옵소서.

○○가 주님 안에서 물질의 복을 누리고, 물질을 통해 주님과 더 친밀해지며, 사람들과 더불어 살아가게 하실 것을 감사드립니다.

예수님의 이름으로 기도드립니다.

아멘.

지혜를 얻은 자와 명철을 얻은 자는 복이 있나니
이는 지혜를 얻는 것이 은을 얻는 것보다 낫고
그 이익이 정금보다 나음이니라
지혜는 진주보다 귀하니 네가 사모하는 모든 것으로도
이에 비교할 수 없도다(3:13~15)
내가 두 가지 일을 주께 구하였사오니
내가 죽기 전에 내게 거절하지 마시옵소서
곧 헛된 것과 거짓말을 내게서 멀리 하옵시며
나를 가난하게도 마옵시고 부하게도 마옵시고
오직 필요한 양식으로 나를 먹이시옵소서
혹 내가 배불러서 하나님을 모른다 여호와가 누구냐 할까 하오며
혹 내가 가난하여 도둑질하고
내 하나님의 이름을 욕되게 할까 두려워함이니이다(30:7~9)

10. 희망을 가슴에 품은 자녀가 되게 하소서

자신이 성공하고 싶은 내면의 그림을 마음속에 명확히 그리고
지울 수 없게 각인시켜라. 이 그림을 끈질기게 간직하라.
절대 희미해지도록 내버려두지 마라.
그대의 마음은 이 그림을 실현하기 위해 노력할 것이다.
– 노먼 빈센트 필

주님, ○○가 희망을 가슴에 품은 자녀가 되기를 원합니다.

주님, 이 세대는 근심하고 두려워하고 걱정할 일이 너무 많습니다.

너무 많은 사람들이 꿈을 잃어버리고 있습니다.

사람들은 근심하며 절망이라는 병을 짊어지고 우울한 삶을 살아가고
있습니다.

주님, "근심이 마음에 있으면 그것으로 번뇌하게 되고"(12:25), "마
음의 근심은 심령을 상하게 하고"(15:13), "심령의 근심은 뼈를 마르게
하느니라"(17:22)는 말씀을 봅니다.

○○가 이 두렵고 무서운 마음의 질병에 걸리지 않게 하여 주시옵소서.

○○의 마음에는 어떠한 상황 속에서도 꺼지지 않는 희망의 불씨를
주시옵소서.

주님, ○○도 자라면서 많은 어려움을 겪을 것입니다. 그러나 그 순
간마다 ○○는 말씀을 통해 주님의 뜻을 발견하게 하여 주시고, 기도를
통해 주님 안에서 꿈과 소망을 놓지 않게 하여 주시옵소서.

주님, ○○는 주님을 신뢰함으로 늘 긍정적인 마음을 선택하게 하여 주시옵소서.

○○가 자라면서 한계에 부딪치고 실패할 때에 좌절감에 붙잡히지 않게 하여 주시옵소서. 주님께서 ○○에게 용기를 주시고 다시 도전하게 하여 주시고 만일 주님의 뜻이 아니라면 ○○가 현명하게 내려놓을 수 있도록 인도해 주시옵소서.

주님, ○○가 사람들에게 있는 장점을 잘 발견하게 하여 주시고 칭찬과 격려의 언어로 사람들을 일으키게 하여 주옵소서.

주님, ○○ 안에 있는 밝음이 주님의 영광을 나타내고 사람들을 살리게 되기 원합니다.

○○ 안에 있는 밝은 마음이 사람들에게 전해지게 하여 주시옵소서. 살아가면서 ○○가 만나는 많은 사람들이 ○○의 밝음으로 평안을 경험하게 하여 주시고 아픈 마음들이 치유되게 하여 주시옵소서.

주님, ○○에게 부어주신 희망의 씨앗이 사람들에게 주님을 만나는 통로가 되게 하여 주시고, ○○의 삶이 이 소망을 잃어버린 세대에 희망을 전하게 하여 주시옵소서.

예수님의 이름으로 기도드립니다.

아멘.

악을 꾀하는 자의 마음에는 속임이 있고
화평을 의논하는 자에게는 희락이 있느니라(12:20)
근심이 사람의 마음에 있으면 그것으로 번뇌하게 되나
선한 말은 그것을 즐겁게 하느니라(12:25)
평온한 마음은 육신의 생명이나 시기는 뼈를 썩게 하느니라(14:30)
마음의 즐거움은 얼굴을 빛나게 하여도
마음의 근심은 심령을 상하게 하느니라(15:13)
고난받는 자는 그 날이 다 험악하나
마음이 즐거운 자는 항상 잔치하느니라(15:15)

기도 제목 적어보기

1. _____

2. _____

3. _____

4. _____

5. _____

11. 경건을 추구하는 자녀가 되게 하소서

거룩함에는 사랑이 숨어있고 선함이 가득 찼으며 겸손이 그의 옷이다.
그것이 목적하는 바는 하나님의 영광이다.
– 엠몬스

주님, ○○가 주님께서 기뻐하시는 경건한 삶을 살기 원합니다.

주님 앞에 두렵고 떨리는 마음으로 살게 하여 주시옵소서.

그 어떤 것보다 주님을 두려워하며 살게 하여 주시옵소서.

세상에 있는 부도덕과 악한 것을 미워하게 하여 주시옵소서.

달콤해 보이나 결국에는 영혼을 병들게 하는 것에 마음이 끌리지 않게 하여 주시옵소서.

언제나 깨끗한 마음을 위해 생활공간을 정리하게 하여 주시옵소서.

경건하지 못한 취미를 가지지 않게 하여 주시옵소서.

절제의 능력을 주셔서 내면을 수치스럽게 하는 것들을 끊어내게 하여 주시옵소서.

죄 앞에 넘어질 때 진정으로 참회하고 돌이키게 하여 주시옵소서.

언제나 주님의 말씀을 묵상하고 말씀을 통해 자신의 영적 상태를 점검하게 하여 주시옵소서.

언제나 스스로의 나약함을 인정하며 주님께 기도로 도움을 요청하게 하여 주시옵소서.

매일 규칙적으로 말씀을 읽게 하여 주시옵소서.

주님, ○○가 미혹당할 때에 말씀이 떠올라 말씀으로 유혹과 죄를 물리치게 하여 주시옵소서.

주님의 말씀을 통해 주님의 뜻을 알며 순종하게 하여 주시옵소서.

늘 경건을 연습하게 하여 주시옵소서.

그러나 주님, 바리새인처럼 스스로의 신앙과 경건을 자랑하지 않게 하여 주시옵소서.

영적 교만으로부터 늘 지켜 주시고 끊임없이 겸손을 추구하게 하여 주시옵소서.

주님, ○○가 주님 앞에 경건하게 살아감으로 세상에 소금이 되고 빛이 되게 하여 주시옵소서.

예수님의 이름으로 기도드립니다.

아멘.

악한 꾀는 여호와께서 미워하시나 선한 말은 정결하니라
이익을 탐하는 자는 자기 집을 해롭게 하나
뇌물을 싫어하는 자는 살게 되느니라
의인의 마음은 대답할 말을 깊이 생각하여도 악인의 입은 악을 쏟느니라
여호와는 악인을 멀리 하시고 의인의 기도를 들으시느니라 (15:26~29)
선한 눈을 가진 자는 복을 받으리니 이는 양식을 가난한 자에게 줌이니라
거만한 자를 쫓아내면 다툼이 쉬고 싸움과 수욕이 그치느니라
마음의 정결을 사모하는 자의 입술에는 덕이 있으므로
임금이 그의 친구가 되느니라 (22:9~11)

12. 감정을 다스리는 자녀가 되게 하소서

절제는 이성의 허리띠요, 격정의 신부이며, 영혼의 힘이 되고, 선과 도덕의 기초가 된다.
– 제레미 테일러

주님, ○○는 감정을 잘 다스리는 자녀가 되게 하여 주시옵소서.

주님, 많은 사람들이 자신의 감정을 다스리지 못하고 있습니다.

주님께서 "자기의 마음을 제어하지 아니하는 자는 성읍이 무너지고 성벽이 없는 것 같으니라"(25:28)고 말씀하셨는데 그 말이 너무나 가슴에 와 닿습니다.

너무 많은 사람들이 마음을 제어하지 못해서 상처를 받고 상처를 주고 결국에는 삶과 영혼이 황폐해져가고 있습니다.

주님, ○○의 마음을 만져 주시옵소서.

○○도 연약하고 미숙하기 때문에 모난 마음이 있습니다.

때론 마음에 솟아나는 여러 가지 감정들이 무엇인지 분별하지 못하고 혼란스러워 하게 될 것입니다.

그런 순간마다 주님께서 ○○의 마음을 만져 주시기 원합니다.

주님, ○○가 분노의 감정을 경험할 때에 판단력이 흐려지지 않게 하여 주시옵소서.

쉽게 화를 내고 참지 못하여 스스로에게 상처를 주고 사람들과의 관계를 깨뜨리지 않도록 주님께서 ○○를 예수님처럼 온유한 자녀가 되게 하여 주시옵소서.

주님, ○○가 조급한 감정에 노출될 때에 주님을 신뢰하며 기다리게 하여 주시옵소서.

○○가 누군가가 미워지는 경험을 하거나 또 누군가에게 거절당하는 경험을 하게 될 때에 미워하는 감정에 사로잡히지 않게 하여 주시고 그 때마다 더 큰 주님의 사랑을 깨닫게 하여 주시옵소서. 또 오히려 다른 사람들을 이해하고 용서할 수 있게 하여 주시옵소서.

주님, ○○에게 자신의 감정에 귀를 기울이는 지혜를 주시고 또 사람들에게 자신의 감정을 잘 표현하게 하여 주시옵소서. 드러내지 못하고 표현하지 못하는 감정으로 마음에 무거운 짐을 지거나 오해받지 않게 하여 주시옵소서.

주님, ○○가 살아가면서 경험하는 여러 가지 감정들로부터 마음을 지키고 스스로 화평을 누리며 사는 행복한 자녀가 되게 하여 주시옵소서.

예수님의 이름으로 기도드립니다.

아멘.

모든 지킬 만한 것 중에 더욱 네 마음을 지키라
생명의 근원이 이에서 남이니라(4:23)
미련한 자는 당장 분노를 나타내거니와
슬기로운 자는 수욕을 참느니라(12:16)
노하기를 속히 하는 자는 어리석은 일을 행하고
악한 계교를 꾀하는 자는 미움을 받느니라(14:17)
노하기를 더디 하는 자는 용사보다 낫고
자기의 마음을 다스리는 자는 성을 빼앗는 자보다 나으니라(16:32)
도가니는 은을, 풀무는 금을 연단하거니와
여호와는 마음을 연단하시느니라(17:3)
자기의 마음을 제어하지 아니하는 자는 성읍이 무너지고
성벽이 없는 것과 같으니라(25:28)
분은 잔인하고 노는 창수 같거니와 투기 앞에야 누가 서리요(27:4)

13. 정직한 자녀가 되게 하소서

'어떻게 말할까?' 하고 깊이 생각해보라. 괴로워질 것이다. 그냥 진실을 말하라.
– 마크 트웨인

주님, ○○가 정직한 삶을 살아가기를 원합니다.

주님은 "진실하게 행하는 자를 기뻐하시는 분"(12:22)이시기에 ○○가 진실하게 행함으로 주님이 기뻐하는 자녀가 되기를 원합니다.

주님, 이 세대는 공평한 추와 공평한 접시저울을 사용하지 않으면 오히려 어리석다고 말을 합니다. 그러나 말씀처럼 "공평한 저울과 접시저울은 주님의 것"(16:11)임을 믿습니다. ○○는 주님이 기뻐하시는 정직함의 원칙을 가지고 살아가게 하여 주시옵소서.

주님, ○○는 눈앞의 이익 때문에 속이고 감추지 않게 하여 주시옵소서. 속여서 이득을 얻고 싶은 욕심이 생겨나겠지만 그때마다 주님을 기억하게 하여 주시옵소서.

주님, ○○가 주님 때문에 정직함을 선택할 때에는 주님께서 반드시 선한 것으로 ○○에게 응답하셔서 정직한 자가 받는 복을 경험하게 하여 주시옵소서.

주님, ○○에게 진실할 수 있는 용기를 주시옵소서. 때론 부끄러운 일들을 감추기 위해서 거짓말을 하고 속이게 됩니다.

주님, ○○에게 그런 순간이 찾아 올 때 당장의 수치를 감추기 위해서 부끄러운 거짓말을 하지 않고 용기 있게 잘못을 인정하게 하여 주시옵소서.

속이지 않는 정직함과 진실한 회개가 결국에는 용서받고 사람의 마음을 움직인다는 것을 깨닫게 하여 주시옵소서.

주님, ○○는 자신에게도 정직하게 하여 주시옵소서. 스스로를 속여서 후회하지 않게 하여 주시옵소서.

주님, ○○에게 정직함과 함께 겸손함을 주시옵소서.

정직한 마음을 교만함으로 바꾸지 않게 하셔서 차가운 정의보다 따뜻한 진실함을 가지고 살게 하여 주시옵소서.

주님, ○○가 주님 때문에 더 정직하게 하여 주시옵소서. 평생을 정직한 그리스도인으로 살게 하셔서 주님의 진실함을 삶으로써 증명하게 하여 주시고 선한 영향력을 나타내는 삶을 살게 하여 주시옵소서.

예수님의 이름으로 기도드립니다.

아멘

여호와의 도가 정직한 자에게는 산성이요
행악하는 자에게는 멸망이니라(10:29)
속이는 저울은 여호와께서 미워하시나
공평한 추는 그가 기뻐하시느니라(11:1)
정직한 자의 성실은 자기를 인도하거니와
사악한 자의 패역은 자기를 망하게 하느니라(11:3)
정직한 자의 공의는 자기를 건지려니와
사악한 자는 자기의 악에 잡히리라(11:6)
의인의 생각은 정직하여도 악인의 도모는 속임이니라(12:5)
정직하게 행하는 자는 여호와를 경외하여도
패역하게 행하는 자는 여호와를 경멸하느니라(14:2)

14. 긍휼히 여길 줄 아는 자녀가 되게 하소서

"긍휼을 베푸는 데는 한 가지만 있는 것이 아닙니다. 물질보다 말로 할 수 있습니다. 물질과 말로 할 수 없을 때는 눈물로 할 수 있습니다."
– 나이팅게일

저희들에게 긍휼의 은혜를 베풀어 주심을 감사드립니다.

주님, ○○가 주님처럼 긍휼을 베풀 줄 아는 자녀가 되기를 원합니다.

연약한 사람들을 살필 수 있는 선한 눈을 허락하여 주시옵소서.

가진 것이 있든지 없든지 함께 나누고자 하는 따뜻한 마음을 주시옵소서.

항상 어느 곳에 있든지 소외받는 사람들과 마음의 짐을 지고 있는 사람들을 헤아릴 수 있게 하여 주시옵소서.

사람들을 배려하고 이해하는 것을 잘 하는 ○○가 되게 하여 주시옵소서.

적은 것을 가지고 있더라도 항상 소유하지 못한 사람들을 기억하며 감사하게 하여 주시고 주님께서 긍휼의 마음으로 ○○를 덮을 때에 자신의 것을 나눌 수 있는 용기를 주시옵소서.

주님, ○○가 자신의 것을 나눠야 할 때 욕심이 마음을 사로잡지 않게 하여 주시고, 아까워하는 마음보다 받는 사람의 행복과 기쁨을 바라보며 함께 기뻐할 수 있게 하여 주시옵소서.

주님, 사람들을 사랑하는 것은 인간의 따뜻한 감정으로는 한계가 있음을 알고 있습니다. 그러므로 ○○는 주님께서 우리를 얼마나 사랑하시고 긍휼히 여기시는지를 분명하게 알게 하여 주시옵소서.

주님께 받은 은혜를 기억하며 연약한 사람들을 만날 때 주님을 대하듯 섬기게 하여 주시옵소서.

주님, 주님의 말씀을 의지합니다. ○○에게 긍휼의 마음을 주시되 단지 마음만이 아닌 나눌 수 있을 만큼 물질의 복을 주시며 섬기고 봉사할 수 있는 건강과 시간을 허락하여 주시옵소서.

그러나 주님, 세상에는 악한 이들이 속이고 옭아매는 구걸을 합니다. ○○에게 지혜를 주셔서 그러한 덫에 걸리지 않게 하시고 언제나 지켜 주시옵소서.

"구제를 좋아하는 자는 풍족하여질 것이요 남을 윤택하게 하는 자는 자기도 윤택하여지리라"(11:25)는 말씀을 믿습니다. 주님, 이 말씀이 ○○에게 그대로 응답되게 하여 주시옵소서.

예수님의 이름으로 기도드립니다.

아멘.

이웃을 업신여기는 자는 죄를 범하는 자요
빈곤한 자를 불쌍히 여기는 자는 복이 있는 자니라(14:21)
가난한 사람을 학대하는 자는 그를 지으신 이를 멸시하는 자요
궁핍한 사람을 불쌍히 여기는 자는 주를 공경하는 자니라(14:31)
가난한 자를 불쌍히 여기는 것은 여호와께 꾸어 드리는 것이니
그의 선행을 그에게 갚아 주시리라(19:17)
귀를 막고 가난한 자가 부르짖는 소리를 듣지 아니하면
자기가 부르짖을 때에도 들을 자가 없으리라(21:13)
선한 눈을 가진 자는 복을 받으리니
이는 양식을 가난한 자에게 줌이니라(22:9)
가난한 자를 구제하는 자는 궁핍하지 아니하려니와
못 본 체하는 자에게는 저주가 크리라(28:27)

15. 화평케 하는 자녀가 되게 하소서

화평하게 하는 자는 복이 있나니 그들이 하나님의 아들이라 일컬음을 받을 것임이요.
– 마태복음 5:9

주님, ○○가 화평을 만들어가는 자녀가 되기를 원합니다.

○○가 주님의 성품을 닮기를 원합니다.

그래서 어느 곳에 있든지 어떤 사람들을 만나든지 화평을 만들어가게 하여 주시옵소서.

다툼이 일어나는 자리에서 오래 참는 인내의 마음을 주시옵소서.

자기 자랑이 있는 자리에서 겸손의 마음을 주시옵소서.

누군가를 비방하는 자리에서 지혜로운 말로 비방을 멈추게 하여 주시옵소서.

물질 때문에 다툼이 일어나면 때론 손해를 보더라도 내려놓고 화평하게 하여 주시옵소서. ○○의 그런 모습을 통해 사람들에게 그리스도인의 선함을 나타내게 하여 주시옵소서.

기득권을 차지하기 위해 다툼이 일어나면 양보의 미덕을 실천하여 주님의 모습을 나타내게 하여 주시옵소서.

눈물이 가득한 자리에는 상처를 끌어안아 줄 수 있는 따뜻한 마음을 허락하시고 위로하게 하여 주시옵소서.

○○가 누군가로부터 미움을 받는다면 오히려 그의 영혼을 위

해 기도하게 하여 주시옵소서.

주님, ○○는 거짓말을 통해 속이지 않게 하시고 우직한 행동으로 사람들에게 신뢰를 주게 하시옵소서.

주님, ○○는 혼자 보다 함께하는 것을 기뻐하게 하시고 사람들과 진실한 소통과 교제를 하게 하여 주시옵소서.

○○의 얼굴에 미소가 떠나지 않게 하여 주셔서 미소만으로 사람들의 마음을 열게 하여 주시옵소서.

주님, ○○가 양보하고 때로는 손해를 보면서 참는 것이 ○○가 연약하고 미약함 때문이 아니기를 원합니다. ○○에게 누구보다 강인한 마음을 주시고 힘과 능력 또한 주시옵소서. ○○는 단단하지만 주님의 성품을 닮아 평화를 만들어가게 하여 주시옵소서.

○○의 화평함이 원수를 만들기보다 진실한 이웃을 만들게 하시고 어느 곳에 있든지 주님의 평화를 전할 수 있게 하여 주시옵소서.

예수님의 이름으로 기도드립니다.

아멘.

미움은 다툼을 일으켜도 사랑은 모든 허물을 가리느니라(10:12)
분을 쉽게 내는 자는 다툼을 일으켜도
노하기를 더디 하는 자는 시비를 그치게 하느니라(15:18)
허물을 덮어 주는 자는 사랑을 구하는 자요
그것을 거듭 말하는 자는 친한 벗을 이간하는 자니라(17:9)
다툼을 멀리 하는 것이 사람에게 영광이거늘
미련한 자마다 다툼을 일으키느니라(20:3)

16. 의로운 일을 선택하는 자녀가 되게 하소서

주는 하늘에서 들으시고 행하시되 주의 종들을 심판하사 악한 자의 죄를 정하여 그 행위대로 그 머리에 돌리시고 의로운 자를 의롭다 하사 그의 의로운 바대로 갚으시옵소서.
– 열왕기상 8:32

주님, ○○가 의로운 자녀가 되기를 원합니다.

주님께서 죄인인 우리에게 찾아오셔서 십자가의 은혜로 의인이라 선언해 주심을 감사드립니다.

주님, ○○가 이 큰 은혜를 잊지 않게 하여 주셔서 불의한 선택을 하지 않게 하여 주시옵소서.

물질을 얻는 방법에 불의함이 있지 않게 하여 주시옵소서.

속이고 감추는 방법으로 결코 다른 이들의 것을 도둑질 하지 않게 하여 주시옵소서.

당장 손해 보더라도 그리스도인의 의로움을 선택하게 하여 주시옵소서.

주님, 말씀으로 늘 ○○에게 지혜를 주셔서 불의하고 잘못된 것에 넘어지지 않게 하여 주시옵소서.

악한 유혹이 찾아 올 때 단호하게 거절할 수 있는 마음을 주시고 불의한 이득에서 돌아선 다음에는 결코 뒤돌아 후회하지 않게 하여 주시옵소서.

주님, ○○에게 정의로운 마음을 주시고 정의로움을 지켜낼 수 있는 용기와 능력을 주시옵소서.

주님, ○○가 자신의 강함을 자랑하지 않게 하여 주시고 또 자신의 약함을 핑계로 비겁하지 않게 하여 주시옵소서.

주님, ○○가 지켜야 할 자리를 지키게 하여 주시고, 감당해야 할 일을 회피하지 않게 하여 주시옵소서.

주님, ○○는 아무리 힘들어도 불의한 것과 손잡지 않게 하여 주시고, 불의한 힘에 도움 받지 않게 하여 주시옵소서. 힘들 때 오직 주님께 기도하고 주님의 뜻을 기다리게 하여 주시옵소서. 그리고 주님은 그때마다 ○○를 보호하여 주시옵소서.

주님, 의로운 선택을 하고 의로운 수고를 하는 것이 생명에 이름(10:16)을 믿사오니 반드시 ○○가 주님의 생명의 법 아래 살게 하여 주시옵소서.

예수님의 이름으로 기도드립니다.

아멘.

불의의 재물은 무익하여도 공의는 죽음에서 건지느니라

여호와께서 의인의 영혼은 주리지 않게 하시나

악인의 소욕은 물리치시느니라(10:2~3)

의인의 입은 생명의 샘이라도 악인의 입은 독을 머금었느니라(10:11)

의인의 수고는 생명에 이르고 악인의 소득은 죄에 이르느니라(10:16)

선을 간절히 구하는 자는 은총을 얻으려니와

악을 더듬어 찾는 자에게는 악이 임하리라(11:27)

의인의 열매는 생명 나무라 지혜로운 자는 사람을 얻느니라(11:30)

악인의 제사는 여호와께서 미워하셔도

정직한 자의 기도는 그가 기뻐하시느니라(15:8)

약한 자를 그가 약하다고 탈취하지 말며

곤고한 자를 성문에서 압제하지 말라(22:22)

17. 건강하고 깨끗한 성 윤리를 가진 자녀 가 되게 하소서

> 내가 내 눈과 약속하였나니 어찌 처녀에게 주목하랴
> 그리하면 위에 계신 하나님께서 내리시는 분깃이 무엇이겠으며 높은 곳
> 의 전능자께서 주시는 기업이 무엇이겠느냐.
> - 욥기 31:1, 2

주님, ○○가 건강하고 깨끗한 성 윤리를 가진 자녀가 되기를 원합니다.

음란함이 바닷물처럼 넘치는 세대입니다.

사람들의 생각과 표현할 수 있는 모든 미디어와 매체에 삐뚤어지고 왜곡된 성이 넘쳐납니다.

주님, ○○를 지켜 주시옵소서.

주님, ○○도 깨끗하고 아름다운 성을 왜곡시킨 미디어와 환경에 노출되고 유혹받게 되리라는 것을 알고 있습니다.

주님, 부모된 저희에게 지혜를 주셔서 ○○가 경험하게 될 성 윤리에 대한 위기에 지혜롭게 대처할 수 있도록 도와주시옵소서.

성적인 자극에 마음을 빼앗겨 중독되지 않게 하여 주시옵소서.

○○가 성적인 유혹을 경험할 때마다 주님 앞에 서 있는 자신을 보게 하여 주시옵소서.

주님께서 ○○의 마음을 단단하게 붙잡아주셔서 성적인 감정

을 절제하고 다스리게 하여 주시옵소서.

주님, ○○가 살아가는 동안에 경험하게 될 성적인 유혹에 결코 걸려 넘어지지 않도록 ○○의 발걸음과 마음을 붙잡고 지켜 주시옵소서.

주님, 또한 ○○가 성적인 죄 의식과 수치감에 사로잡히지 않기를 원합니다.

○○가 성에 대한 부정적인 마음과 두려움에 사로잡히지 않게 하여 주시옵소서.

주님께서 주신 아름다운 성을 바로 알게 하여 주셔서 아름답고 깨끗한 성을 누리게 하여 주시옵소서.

주님, ○○가 아름답고 건강한 이성교제를 할 수 있게 하여 주시고 행복한 가정을 일구어 가게 하여 주시옵소서.

예수님의 이름으로 기도드립니다.

아멘.

너는 네 우물에서 물을 마시며 네 샘에서 흐르는 물을 마시라(5:15)

네 샘으로 복되게 하라 네가 젊어서 취한 아내를 즐거워하라

그는 사랑스러운 암사슴 같고 아름다운 암노루 같으니

너는 그의 품을 항상 족하게 여기며

그의 사랑을 항상 연모하라(5:18~19)

여인과 간음하는 자는 무지한 자라

이것을 행하는 자는 자기의 영혼을 망하게 하며

상함과 능욕을 받고 부끄러움을 씻을 수 없게 되나니(6:32~33)

이제 아들들아 내 말을 듣고 내 입의 말에 주의하라

네 마음이 음녀의 길로 치우치지 말며 그 길에 미혹되지 말지어다

대저 그가 많은 사람을 상하여 엎드러지게 하였나니

그에게 죽은 자가 허다하니라

그의 집은 스올의 길이라 사망의 방으로 내려가느니라(7:24~27)

18. 지혜로운 선택을 할 줄 아는 자녀가 되게 하소서

만일 여호와를 섬기는 것이 너희에게 좋지 않게 보이거든 너희 조상들이 강 저쪽에서 섬기던 신들이든지 또는 너희가 거주하는 땅에 있는 아모리 족속의 신들이든지 너희가 섬길 자를 오늘 택하라 오직 나와 내 집은 여호와를 섬기겠노라 하니
― 여호수아 24:15

주님, ○○에게 지혜로운 판단력과 분별력을 주시옵소서.

주님, ○○가 살아가면서 결정해야 하는 모든 선택에 대해 지혜롭게 되기를 원합니다. 잠시 잠깐뿐인 유익을 위해 허망하고 잘못된 판단과 선택을 하지 않게 하여 주시옵소서.

주님, ○○가 무엇보다 주님을 신뢰하는 자녀가 되게 하여 주시옵소서.

주님의 말씀을 늘 가까이 하고 말씀을 통해 주님의 뜻을 깨닫게 하여 주시옵소서. 주님 말씀이 모든 순간에 선택하고 판단하는 기준이 되게 하여 주시옵소서.

주님, ○○에게 지혜와 명철을 부어 주셔서 멀리 보게 하여 주시고 결정해야 하는 순간에 외형적인 것이 아니라 본질을 들여다보는 분별력을 주시옵소서.

중요한 선택의 순간에 자신의 뜻과 소원보다도 주님의 뜻을 깨달아 알게 하여 주시옵소서.

주님, ○○가 무언가를 선택할 때에는 자신의 유익이 아닌 공동체의 유익을 생각하게 하여 주시옵소서. 함께 더불어 살아가는 선택과 결정을 하게 하여 주시옵소서.

주님, ○○가 선택하는 것에 힘들어 하지 않게 하여 주시옵소서.

문제를 꿰뚫는 통찰력을 주셔서 본질적으로 중요하지 않은 선택에 시간과 마음을 쏟지 않게 하여 주시고 선택의 요행보다는 결정한 일에 최선을 다하는 ○○가 되게 하여 주시옵소서.

그리고 스스로의 선택보다 결과에 대한 주님의 신실하심을 의지하게 하여 주시옵소서.

주님, 이러한 선택의 지혜는 오직 주님으로부터 나오는 줄 믿습니다. 주님께서 솔로몬에게 지혜를 주셨던 것처럼, ○○에게 지혜를 더하시고 명철을 더하여 주시옵소서.

주님께서 ○○에게 지혜를 주셔서 ○○가 사망이 아닌 생명을 선택하며, 눈앞에 것이 아닌 내일의 것을 선택하고, 잠시 잠깐이 아닌 영원한 것을 선택하게 하실 줄 믿습니다.

예수님의 이름으로 기도드립니다.

아멘.

내 아들아 악한 자가 너를 꾈지라도 따르지 말라
그들이 네게 말하기를 우리와 함께 가자
우리가 가만히 엎드렸다가 사람의 피를 흘리자 죄
없는 자를 까닭 없이 숨어 기다리다가
스올같이 그들을 산 채로 삼키며
무덤에 내려가는 자들 같이 통으로 삼키자
우리가 온갖 보화를 얻으며 빼앗은 것으로 우리 집을 채우리니
너는 우리와 함께 제비를 뽑고
우리가 함께 전대 하나만 두자 할지라도
내 아들아 그들과 함께 길에 다니지 말라
네 발을 금하여 그 길을 밟지 말라
대저 그 발은 악으로 달려가며 피를 흘리는 데 빠름이니라(1:10~16)
사악한 자의 길에 들어가지 말며 악인의 길로 다니지 말지어다
그의 길을 피하고 지나가지 말며 돌이켜 떠나갈지어다(4:14~15)

19. 인내할 줄 아는 자녀가 되게 하소서

인내를 온전히 이루라 이는 너희로 온전하고 구비하여 조금도 부족함이
없게 하려 함이라
- 야고보서 1:4

주님, ○○가 인내하는 자녀가 되기를 원합니다.

주님, ○○가 오래 참을 줄 아는 자녀가 되기를 원합니다.

사람들의 모습에서 인내함이 없고 모두 다 조급함으로 실수하고 넘어지는 모습을 많이 봅니다. 주님을 신뢰하지 못하기 때문이며 주님과 동행하지 못하기 때문임을 알고 있습니다.

주님, ○○에게 믿음을 더하여 주시옵소서.

○○에게 인내해야 할 순간이 찾아올 때에 주님을 신뢰하여 온전히 견뎌내게 하여 주시옵소서.

주님, ○○에게 영적인 강함과 육적인 강함을 주셔서 몸과 마음이 주님의 뜻이 성취되기 이전에 무너지지 않게 하여 주시옵소서.

주님, ○○에게 포기하지 않는 열정 또한 부어 주시옵소서.

쉽게 포기해 버리고 낙심하기보다 끊임없이 도전하게 하시고 무엇보다 기도로써 주님 앞에 도움을 구하며 끝까지 매달리게 하여 주시옵소서.

그러나 주님의 뜻이 아닌 것에는 집착하지 않게 하여 주시옵

소서.

주님, 삶에서 만나는 시련이 하나님 앞에 우리를 더 강하게 하는 도구임을 알고 있습니다. 그러므로 ㅇㅇ는 인내함을 통해 온전히 연단되어 모든 면에서 더 강한 주님의 자녀가 되게 하여 주시옵소서.

주님, ㅇㅇ에게 사랑의 인내가 필요할 때에 주님의 오래 참으심과 십자가의 사랑을 기억하게 하여 주시옵소서.

주님, 순간순간 나타나는 거친 감정도 참고 인내하여 화평을 이루게 하여 주시옵소서.

주님, ㅇㅇ가 뜻하는 대로 일이 성취되지 않을 때에도 온전히 신실하신 주님을 믿게 하여 주시옵소서.

감옥에 갇혀서 오랜 시간을 침묵 속에 보내면서도 하나님의 꿈을 놓지 않았던 요셉과 같은 믿음을 ㅇㅇ에게 주시옵소서.

주님께서 ㅇㅇ를 오래 기다리고 인내하며 정금 같은 인생을 살아가게 하실 것을 믿습니다.

예수님의 이름으로 기도드립니다.

아멘.

누구든지 내게 들으며 날마다 내 문 곁에서 기다리며
문설주 옆에서 기다리는 자는 복이 있나니
대저 나를 얻는 자는 생명을 얻고
여호와께 은총을 얻을 것임이니라
그러나 나를 잃는 자는 자기의 영혼을 해하는 자라
나를 미워하는 자는 사망을 사랑하느니라 (8:34~36)
너는 악을 갚겠다 말하지 말고 여호와를 기다리라
그가 너를 구원하시리라(20:22)
오래 참으면 관원도 설득할 수 있나니 부드러운 혀는 뼈를 꺾느니라(25:15)
노하는 자는 다툼을 일으키고 성내는 자는 범죄함이 많으니라(29:22)

20. 절제할 줄 아는 자녀가 되게 하소서

절제와 육신과의 관계는 종교와 영혼과의 관계와 같다.
절제는 건강과 힘과 평안의 기초이며 근원이 된다.
– 트라이언 에드워즈

주님, ○○가 절제를 잘하는 자녀가 되게 하여 주시옵소서.

세상에는 절제하지 못하고 중독되게 하는 것이 너무 많습니다.

"꿀을 보거든 족하리만큼 먹으라 과식함으로 토할까 두려우니라"(25:16)는 주님의 말씀처럼 좋은 것이라도 절제가 필요함을 알고 있습니다.

주님, ○○는 좋은 것에도 절제할 수 있게 하여 주시고 악한 것에는 더더욱 절제할 수 있게 하여 주시옵소서.

몸을 상하게 하고 해롭게 하는 나쁜 음식을 절제하게 하여 주시옵소서.

마약과 술과 담배와 같은 것은 결코 ○○의 삶에 끼어들지 않게 하여 주시옵소서.

○○의 몸과 생활 습관에서 중독을 일으키는 모든 것들을 절제할 수 있게 하여 주시옵소서.

주님, 중독으로부터 ○○를 지켜 주시옵소서.

마음을 빼앗고 황폐하게 하는 자극적이고 위험한 미디어를 절제하게 하여 주시옵소서.

세상의 지식과 지혜를 주님 말씀보다 더 많이 얻고 알아가지 않게 하여 주시옵소서.

물질을 주님보다 더 사랑하지 않게 하여 주시옵소서.

주님, ○○가 좋아하는 것들 중에서 선한 것이라도 과하지 않게 하여 주시옵소서.

혼자만의 즐거움에 너무 몰입하지 않게 하여 주시고 가족들과 함께하기 위해 절제하게 하여 주시옵소서.

주님, 신앙생활에도 절제가 필요합니다. 주님을 사랑하는 일에는 온 생을 다해도 부족하지만 신앙생활에하는 데 과식하지 않게 하여 주시옵소서.

잘 지은 교회 건물, 귀에 좋은 설교, 지식적인 성경공부 같은 것에 너무 몰입하지 않게 하여 주시옵소서.

또한 주님을 사랑하는 본질적인 것이 아닌 종교적 활동은 절제하고 직장과 일터와 가정과 더불어 조화와 균형을 이루어가게 하여 주시옵소서.

주님께서 ○○가 온전한 절제의 삶을 살게 하실 것을 믿습니다.

예수님의 이름으로 기도드립니다.

아멘.

미련한 자는 당장 분노를 나타내거니와
슬기로운 자는 수욕을 참느니라(12:16)
노하기를 더디하는 자는 용사보다 낫고
자기의 마음을 다스리는 자는 성을 빼앗는 자보다 나으니라(16:32)
다투는 여인과 함께 큰 집에서 사는 것보다
움막에서 혼자 사는 것이 나으니라
먼 땅에서 오는 좋은 기별은 목마른 사람에게 냉수와 같으니라
의인이 악인 앞에 굴복하는 것은
우물이 흐려짐과 샘이 더러워짐과 같으니라
꿀을 많이 먹는 것이 좋지 못하고 자기의 영예를 구하는 것이 헛되니라
자기의 마음을 제어하지 아니하는 자는
성읍이 무너지고 성벽이 없는 것과 같으니라(25:24~28)
분은 잔인하고 노는 창수 같거니와 투기 앞에야 누가 서리요(27:4)

기도 제목 적어보기

1. _____

2. _____

3. _____

4. _____

5. _____

21. 명예를 지킬 줄 아는 자녀가 되게 하소서

명예를 얻는 길은 정도(正道)를 행하는 것에 있다.
- 프란시스 베이컨

주님, ○○가 명예를 지킬 줄 아는 자녀가 되기를 원합니다.

주님의 십자가의 은혜가 죄로 인해 죽을 수밖에 없는 우리를 죄인의 신분에서 생명의 부활을 약속받은 주님의 자녀로 변화시켜 주셨습니다.

우리에게 그 명예로운 신분을 주셨습니다.

주님, ○○가 그 은혜를 기억하며 명예로운 주님의 자녀로서 살아가게 하여 주시옵소서.

주님, 욥은 주님의 자랑스러운 믿음의 의인이었던 것처럼, ○○도 주님의 명예로운 자녀가 되게 하여 주시옵소서.

다윗 왕이 주님의 마음에 합한 사람이었던 것처럼, ○○도 주님의 마음에 드는 명예로운 자녀가 되게 하여 주시옵소서.

주님, "많은 재물보다 명예를 택할 것이요"(22:1)라고 말씀하신 것처럼, ○○는 그리스도인의 명예를 품고 살아가게 하여 주시옵소서.

물질을 얻기 위해 양심을 속이지 않게 하여 주시옵소서.

물질을 얻기 위해 주님의 이름을 팔지 않게 하여 주시옵소서.

인간적인 명예를 주님의 십자가의 은혜와 바꾸지 않게 하여 주시옵소서.

오직 그리스도인으로서 지녀야 하는 거룩한 명예를 지키게 하여 주시옵소서.

불의에 굴하지 않고, 거짓된 진리와 타협하지 않고, 주님을 결코 부인하지 않는 삶을 살게 하여 주시옵소서.

죄를 감추기 위해 가면을 쓰지 않게 하여 주시고 부끄러운 잘못에는 정직한 고백과 참다운 회개를 하게 하여 주시옵소서.

주님, ○○가 주님의 자녀로서 지켜야 할 것을 온전하게 지키고 하지 말아야 할 것을 단호하게 거절하는 삶을 살게 하셔서 주님의 영광을 세상에 나타내게 하여 주시옵소서.

예수님의 이름으로 기도드립니다.

아멘.

여호와를 경외하는 것은 지혜의 훈계라 겸손은 존귀의 길잡이니라(15:33)

많은 사람이 각기 자기의 인자함을 자랑하나니

충성된 자를 누가 만날 수 있으랴

온전하게 행하는 자가 의인이라 그의 후손에게 복이 있느니라(20:6~7)

많은 재물보다 명예를 택할 것이요

은이나 금보다 은총을 더욱 택할 것이니라

가난한 자와 부한 자가 함께 살거니와

그 모두를 지으신 이는 여호와시니라

슬기로운 자는 재앙을 보면 숨어 피하여도

어리석은 자는 나가다가 해를 받느니라

겸손과 여호와를 경외함의 보상은 재물과 영광과 생명이니라

패역한 자의 길에는 가시와 올무가 있거니와

영혼을 지키는 자는 이를 멀리 하느니라(22:1~5)

22. 감사하는 자녀가 되게 하소서

하나님에 대한 우리의 지식은 감사에 의해 완전해진다.
– 토마스 머턴
마귀의 세계만이 감사가 없다.
– 마틴 루터
사람이 얼마나 행복한가는 그의 감사의 깊이에 달려 있다.
– 존 밀러

주님, ○○가 무슨 일을 만나든지 감사하며 살게 하여 주시옵소서.

하루하루의 모든 삶이 주님의 은혜임을 알고 있습니다.

모든 것이 감사할 일뿐임을 고백합니다.

○○가 이러한 주님의 은혜를 깊이 깨닫고 늘 감사하는 자녀가 되게 하여 주시옵소서.

죄로 인해 죽었던 우리를 구원해 주신 십자가의 은혜를 깊이 깨닫게 하여 주시옵소서.

○○는 그 은혜를 너무 잘 알아 어떠한 상황, 어떠한 조건 속에서도 감사를 잃지 않게 하여 주시옵소서.

주님 한분만 알아도, 십자가만 알아도 평생 감사하며 살 수 있다는 것을 진정으로 깨닫게 하여 주시옵소서.

모든 것이 주님의 은혜임을 깨달아 감사가 입술에 넘치게 하여 주옵소서.

주님, ○○에게 지혜를 부어 주셔서 늘 감사할 이유를 발견하게 하여 주시옵소서.

불행한 일이 있어도 감사할 내용을 보게 하여 주시고, 기쁘고 즐거울 때에는 자기 즐거움에 취하지 않고 겸손하게 주님께 감사할 수 있게 하여 주시옵소서.

주님, 감사를 표현하는 ○○가 되게 하여 주시옵소서.

감사가 입술과 마음에만 머물러 있게 하지 마옵시고 주님께 표현하게 하시고, 고마운 사람들과 함께 나누고 사람들에게 감사를 표현하는 ○○가 되게 하여 주시옵소서.

○○의 감사하는 삶의 모양이 주님을 믿는 그리스도인의 아름다운 편지가 되기를 원합니다.

주님, ○○가 감사하는 삶을 통해 행복을 소유하고 살게 하여 주시옵소서.

언제나 감사하며 행복을 찾아가는 ○○의 모습을 통해 주님을 사랑하는 사람이 얼마나 행복한지를 세상에 나타내게 하여 주시옵소서.

주님, ○○가 감사하는 자녀가 되어 행복한 삶을 살게 하시고 ○○를 통해 감사와 행복이 세상에 전달되게 하여 주시옵소서.

예수님의 이름으로 기도드립니다.

아멘.

채소를 먹으며 서로 사랑하는 것이
살진 소를 먹으며 서로 미워하는 것보다 나으니라(15:17)
마른 떡 한 조각만 있고도 화목하는 것이
제육이 집에 가득하고도 다투는 것보다 나으니라(17:10)
적은 소득이 공의를 겸하면 많은 소득이
불의를 겸한 것보다 나으니라(16:8)
욕심이 많은 자는 다툼을 일으키나
여호와를 의지하는 자는 풍족하게 되느니라(28:25)

23. 겸손한 자녀가 되게 하소서

자기의 장점을 자랑하는 것은 음독자살하는 것이다.
잘난 척 하는 것은 스스로를 독살시키는 것이다.
- 벤자민 프랭크린

주님, ○○가 겸손한 주님의 자녀가 되기를 원합니다.
교만하지 않게 하여 주시옵소서.
교만하여 미련해지고, 교만하여 넘어지지 않게 하여 주시옵소서.
교만함의 결과가 너무나 두렵고 무섭습니다.

주님, ○○는 진정으로 겸손한 주님의 자녀가 되게 하여 주시옵소서.

○○에게 물질의 복을 주시되 물질을 남용하지 않고 검소하게 살게 하여 주시옵소서.

물질로 누군가를 섬길 때는 오른손이 하는 것을 왼손이 모르게 하듯이 드러내지 않고 섬기게 하여 주시옵소서.

○○에게 지식과 명철을 부어 주시되 지식을 자랑하지 않고 사람들을 업신여기지 않게 하여 주시옵소서.

다만 지식과 명철을 주님과 사람들을 위해 사용하게 하여 주시옵소서.

○○에게 건강을 주시되 자만하지 않고 성실하게 하여 주시옵소서.

○○에게 많은 달란트를 주시되 달란트로 자랑하지 않고 묵묵히 사용하게 하여 주시옵소서.

○○가 주님께 쓰임을 받되 겸손함으로 자신을 낮추게 하여 주시옵소서.

주님, ○○가 늘 주님 앞에 겸손히 엎드리는 자녀가 되게 하여 주시옵소서.

지식과 총명과 물질과 명예는 모두 주님으로부터 잠시 허락된 것임을 깨닫게 하여 주셔서 주님 앞에 언제나 겸손하게 하여 주시옵소서.

그러므로 무언가를 결정할 때에 자신의 지식과 생각보다 주님께 기도하게 하여 주시고 주님의 말씀을 판단하기보다 경청하고 순종하게 하여 주시옵소서.

진정으로 ○○가 주님 앞과 세상에서 겸손한 삶을 살아 존귀하게 여김 받게 하여 주시옵소서.

예수님의 이름으로 기도드립니다.

아멘.

교만이 오면 욕도 오거니와 겸손한 자에게는 지혜가 있느니라(11:2)

교만에서는 다툼만 일어날 뿐이라

권면을 듣는 자는 지혜가 있느니라(13:10)

여호와는 교만한 자의 집을 허시며 과부의 지계를 정하시느니라(15:25)

여호와를 경외하는 것은 지혜의 훈계라 겸손은 존귀의 길잡이니라(15:33)

무릇 마음이 교만한 자를 여호와께서 미워하시나니

피차 손을 잡을지라도 벌을 면하지 못하리라(16:5)

겸손한 자와 함께하여 마음을 낮추는 것이 교만한 자와 함께하여

탈취물을 나누는 것보다 나으니라(16:19)

사람의 마음의 교만은 멸망의 선봉이요 겸손은 존귀의 길잡이니라(18:12)

네가 스스로 지혜롭게 여기는 자를 보느냐

그보다 미련한 자에게 오히려 희망이 있느니라(26:12)

24. 생명의 언어를 사용하는 자녀가 되게 하소서

주 여호와께서 학자들의 혀를 내게 주사 나로 곤고한 자를 말로 어떻게 도와 줄 줄을 알게 하시고 아침마다 깨우치시되 나의 귀를 깨우치사 학자들 같이 알아듣게 하시도다.

– 이사야 50:4

주님, ○○는 생명의 언어를 사용하는 자녀가 되게 하여 주시옵소서.

"세상에는 금도 있고 진주도 많거니와 지혜로운 입술이 더욱 귀한 보배니라"(20:15)고 말씀하셨사오니 ○○가 그 지혜로운 입술을 가지게 하여 주시옵소서.

주님, ○○에게 언어에 지혜를 주셔서 한 마디의 말을 할 때에도 사람들에게 왜곡되어 전해지지 않게 하여 주시옵소서.

말의 실수로 인해 부끄러움을 당하지 않게 하여 주시옵소서.

입안에 가시가 돋아나고 날카로운 말이 나오려 할 때에 ○○의 입술에 파수꾼을 세워 주시옵소서.

자랑하고 싶어질 때에 침묵하게 하여 주시옵소서.

많은 말을 하는 것보다 잘 경청하게 하여 주시옵소서.

불평하는 말보다 감사하는 말을 하게 하여 주시옵소서.

속이고 감추는 말은 사용할 줄 모르게 하여 주시옵소서.

음란한 말과 저속한 말들은 미워하게 하여 주시옵소서.

허탄한 농담을 좋아하지 않게 하여 주시옵소서.

우울한 사람에게 위로의 말을 하게 하여 주시옵소서.

지친 이들에게는 격려의 말을 하게 하여 주시옵소서.

마음이 닫힌 사람들에게는 가슴을 녹이는 말을 하게 하여 주시옵소서.

불안하고 두려워하는 사람들에게는 평안을 가져다주는 말을 하게 하여 주시옵소서.

사람들의 장점을 잘 찾아내어 칭찬하게 하여 주시옵소서.

잘못된 것을 타이를 때에도 지혜를 주셔서 비난하지 않으면서 분명한 잘못을 깨닫게 하는 말을 하게 하여 주시옵소서.

그리고 ○○의 입에 주님의 지혜로운 생명의 말씀이 늘 있게 하여 주시옵소서.

죄의 유혹이 찾아올 때 주님의 말씀으로 물리치게 하시고, 소망 없는 인생을 만날 때에 주님의 생명의 복음을 전하게 하여 주시옵소서.

주님을 높이는 언어와 주님께 감사하는 말이 언제나 흘러나오게 하여 주시옵소서.

○○의 입술을 통해 주님의 은혜와 사랑이 세상에 흘러가게 하여 주시옵소서.

예수님의 이름으로 기도드립니다.

아멘.

구부러진 말을 네 입에서 버리며
비뚤어진 말을 네 입술에서 멀리 하라(4:24)
말이 많으면 허물을 면하기 어려우나
그 입술을 제어하는 자는 지혜가 있느니라(10:19)
칼로 찌름같이 함부로 말하는 자가 있거니와
지혜로운 자의 혀는 양약과 같으니라
진실한 입술은 영원히 보존되거니와
거짓 혀는 잠시 동안만 있을 뿐이니라(12:18~19)
입을 지키는 자는 자기의 생명을 보전하나
입술을 크게 벌리는 자에게는 멸망이 오느니라(13:2~3)
선한 말은 꿀송이 같아서 마음에 달고 뼈에 양약이 되느니라(16:24)

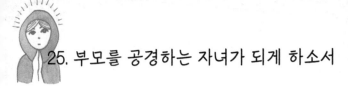

25. 부모를 공경하는 자녀가 되게 하소서

네 아버지와 어머니를 공경하라 이것은 약속이 있는 첫 계명이니
– 에베소서 6:2

주님, ○○가 부모를 공경하는 자녀가 되기를 원합니다.

먼저, 부모인 우리가 ○○에게 좋은 부모, 훌륭한 부모가 될 수 있도록 지혜를 주시옵소서.

주님의 바른 말씀으로 ○○를 가르치고 사랑으로 양육하게 하여 주시옵소서.

주님, ○○에게 선한 마음을 창조하여 주시옵소서.

부모와 더불어 어른들에게 공손한 자녀가 되게 하여 주시옵소서.

주님, ○○가 부모의 마음을 헤아려 아는 자녀가 되게 하여 주시옵소서.

부모로서 ○○를 위해 선한 결정을 내리게 하여 주시고 ○○는 그럴 때마다 순종하게 하여 주시옵소서.

주님, ○○도 자라면서 부모의 양육태도와 가치관이 마음에 들지 않을 때가 있을 것입니다.

반항을 하는 시기도 있을 것입니다.

주님, 그러한 순간에 부모된 저희에게 ○○를 주님께 온전히 맡기고 기도하는 지혜를 주시옵소서. 또, ○○도 그러한 순간에 어긋나가지 않도록 ○○의 마음을 붙들어 주시옵소서.

가족 안에 찾아오는 여러 위기의 순간들을 용납하고 이해해주고 사랑으로 잘 이겨내게 하여 주시옵소서.

주님, 그런 과정을 통해 ○○가 부모님의 마음을 이해하고 헤아릴 만큼 장성하기를 원합니다.

부모도 연약한 사람이고 또 ○○에게 사랑을 받아야 하는 존재임을 빨리 깨닫게 하여 주시옵소서.

가정이 무너지고 가족이 해체되는 이 세대에 존경과 사랑, 공경과 용서가 흘러넘치는 건강한 가정을 일구어가는 ○○가 되게 하여 주시옵소서.

예수님의 이름으로 기도드립니다.

아멘.

아비의 훈계를 업신여기는 자는 미련한 자요
경계를 받는 자는 슬기를 얻을 자니라(15:5)
미련한 아들은 그 아비의 근심이 되고 그 어미의 고통이 되느니라(17:25)
아비를 구박하고 어미를 쫓아내는 자는 부끄러움을 끼치며
능욕을 부르는 자식이니라(19:26)
자기의 아비나 어미를 저주하는 자는
그의 등불이 흑암 중에 꺼짐을 당하리라(20:20)
너를 낳은 아비에게 청종하고
네 늙은 어미를 경히 여기지 말지니라(23:22)
의인의 아비는 크게 즐거울 것이요
지혜로운 자식을 낳은 자는 그로 말미암아 즐거울 것이니라
네 부모를 즐겁게 하며 너를 낳은 어미를 기쁘게 하라(23:24~25)

26. 신중한 자녀가 되게 하소서

너희는 이 세대를 본받지 말고 오직 마음을 새롭게 함으로 변화를 받아 하나
님의 선하시고 기뻐하시고 온전하신 뜻이 무엇인지 분별하도록 하라.
- 로마서 12:2

주님, ○○가 신중한 자녀가 되기를 원합니다.

"네가 말이 조급한 사람을 보느냐 그보다 미련한 자에게 오히려
희망이 있느니라"(29:20)는 주님의 말씀을 묵상할 때 신중하지 못
함은 오히려 미련한 것보다 더 희망이 없다는 것을 배웁니다.

그러므로 주님, ○○는 말과 행동에 신중한 자녀가 되게 하여 주시
옵소서.

신중하지 않은 허탄한 말을 하지 않게 하여 주시옵소서.

생각하지 않고 행동하여 곤경에 처하는 일을 당하지 않도록 지켜 주
시옵소서.

함부로 내뱉은 말 때문에 부끄러움을 당하고 주님의 영광을 가리지
않도록 ○○를 붙들어 주시옵소서.

주님, ○○는 말을 많이 하는 것보다 지혜의 말씀에 귀를 기울이게
하여 주시옵소서.

지혜가 담겨 있는 주님의 말씀을 늘 묵상하게 하여 주시고 그 말씀을
마음으로 끊임없이 새기고 생각하며 살게 하여 주시옵소서.

즉흥적인 기분으로 판단하고 행동하지 않게 하여 주시고 언제나 이

성적인 판단을 할 수 있도록 하여 주시옵소서.

그러나 주님 비겁하거나 소심하지 않게 하여 주시옵소서.

옳고 그름 앞에는 빠르고 분명한 결단을 하게 하여 주시옵소서.

자신에게 닥칠 곤란함과 손해를 계산하고 비겁해지지 않게 하여 주시옵소서.

○○의 신중함은 결정을 미루고 실과 득을 계산하는 것이 아니라 하나님의 뜻을 찾는 것이기를 원합니다.

주님, ○○가 신중하나 차가운 사람이 되지 않게 하여 주시옵소서.

사람들과 교제할 때에 신중하게 하셔서 연약한 자를 배려하게 하시고 부주의함으로 다툼을 일으키지 않게 하여 주시옵소서.

따뜻함과 긍휼의 마음으로 행하되 신중한 행동으로 실수하지 않게 하여 주시옵소서.

주님을 통해 ○○가 지혜와 명철로 신중하게 행하여 모든 일들에 선한 열매를 맺게 하여 주실 것을 믿습니다.

예수님의 이름으로 기도드립니다.

아멘.

어리석은 자는 온갖 말을 믿으나
슬기로운 자는 자기의 행동을 삼가느니라(14:15)
노하기를 더디 하는 자는 크게 명철하여도
마음이 조급한 자는 어리석음을 나타내느니라(14:29)
의인의 마음은 대답할 말을 깊이 생각하여도
악인의 입은 악을 쏟느니라(15:28)
말을 아끼는 자는 지식이 있고 성품이 냉철한 자는 명철하니라
미련한 자라도 잠잠하면 지혜로운 자로 여겨지고
그의 입술을 닫으면 슬기로운 자로 여겨지느니라(17:27~28)
사연을 듣기 전에 대답하는 자는 미련하여 욕을 당하느니라(18:13)
네가 말이 조급한 사람을 보느냐
그보다 미련한 자에게 오히려 희망이 있느니라(29:20)

27. 좋은 스승을 만나게 하소서

홀륭한 스승은 촛불과 같다. 제자들의 두 눈이 밝아질 때까지
스스로를 태우며 타오르는 하나의 촛불과 같다.
- 무명인

주님, ○○가 세상을 살아가는 동안 좋은 스승을 만나기를 원
합니다.

주님께서 가장 홀륭한 스승이심을 알고 있습니다.

주님의 말씀이 가장 지혜로운 말씀임을 알고 있습니다.

성령님의 인도하심이 가장 안전한 길임을 알고 있습니다.

그러므로 주님께서 ○○의 영적 스승이 되셔서 ○○의 인생을
지도하시고 이끌어 주시옵소서.

또한 주님, ○○가 이 땅에서 배우고 살아가는 과정 속에서 홀
륭한 스승을 만나기를 원합니다.

먼저 ○○에게 배움의 소중함을 알게 하여 주시옵소서.

○○에게 본받을 만하고 배울 만한 사람을 찾을 수 있는 지혜
를 주시옵소서.

주님, ○○가 어느 곳에 있든지 주위에 배우고 본받을 만한 홀
륭한 사람을 만나게 하여 주시옵소서.

○○에게 좋은 신앙의 스승을 만나게 하여 주시옵소서.

진정으로 ○○를 사랑하는 신앙의 스승을 보내 주시옵소서.

○○가 인생을 살다가 정말 힘들고 어려운 시기를 만날 때 ○○를 붙잡아주고 바른 길을 제시할 수 있는 훌륭한 스승을 만나게 하여 주시옵소서.

○○가 영적으로 지쳐서 기도하지 못하고 말씀 앞에 엎드리지 못할 때에 ○○를 붙잡아주고 주님께 붙어 있게 해 줄 좋은 스승을 만나게 하여 주시옵소서.

주님, ○○가 좋은 말씀의 교사를 만나기를 원합니다.

주님의 말씀을 바르게 배우고 순종하는 삶을 배울 수 있는 좋은 말씀의 스승을 보내 주시옵소서.

주님, ○○에게 인생의 훌륭한 스승을 보내 주시옵소서.

살아가면서 ○○도 많은 좌절과 실패를 경험할 것입니다. 주님, 그런 ○○를 위해서 인생의 위기와 문턱을 잘 넘어갈 수 있도록 ○○를 이끌고 지도해 줄 스승을 만나게 해 주시옵소서.

주님, 결국은 주님만한 스승이 없음을 다시 고백합니다.

주님께서 ○○를 사랑해 주시고 바른 길로 인도해 주시옵소서.

그리고 ○○ 역시 누군가에게 훌륭한 스승이 되게 하여 주시옵소서.

예수님의 이름으로 기도드립니다.

아멘.

지혜 있는 자에게 교훈을 더하라 그가 더욱 지혜로워질 것이요
의로운 사람을 가르치라 그의 학식이 더하리라(9:9)
지혜 있는 자의 교훈은 생명의 샘이니
사망의 그물에서 벗어나게 하느니라(13:14)
지혜로운 자와 동행하면 지혜를 얻고
미련한 자와 사귀면 해를 받느니라(13:20)
너는 권고를 들으며 훈계를 받으라 그리하면
네가 필경은 지혜롭게 되리라(19:20)
슬기로운 자의 책망은 청종하는 귀에
금 고리와 정금 장식이니라(25:11~12)

28. 좋은 배우자를 만나게 하소서 좋은 배우자가 되게 하소서

행복한 결혼 생활에서 중요한 것은 서로 얼마나 잘 맞는가보다
다른 점을 어떻게 극복해 나가느냐는 것이다.
- 톨스토이

주님, ○○가 좋은 배우자를 만나기를 원합니다.

"누가 현숙한 여인을 찾아 얻겠느냐 그의 값은 진주보다 더 하니라"(31:10)는 말씀처럼 좋은 배우자를 만나는 것이 얼마나 값진 것인지 알고 있습니다.

주님, ○○가 좋은 배우자를 만날 수 있게 하여 주시옵소서.

○○가 이성에 관심을 가질 때부터 스스로 배우자에 대해서 하나님께서 기뻐하시는 기준으로 기도하게 하여 주시옵소서.

이삭이 들에서 기도하는 중에 리브가를 맞이했던 것처럼, ○○가 기도함으로 배우자를 만나게 하여 주시옵소서.

그리고 그 배우자를 위해 스스로 정결하고 깨끗한 삶을 살게 하여 주시옵소서.

성적인 유혹이나 부도덕함에 빠지지 않게 하여 주시옵소서.

주님, ○○가 결혼해서는 안 될 사람에게 마음이 끌리지 않게 하여 주시옵소서.

인간적인 매력에 끌려서 잘못된 선택을 하지 않도록 주님께서 그 마음을 견고하게 지켜 주시옵소서.

주님, 완벽한 배우자는 세상에 없다는 것을 알고 있습니다.

○○가 만날 배우자에게도 부족한 부분이 있고 또 ○○에게도 부족한 부분이 있을 것입니다. 그러나 주님 그런 단점들이 서로의 마음에 상처를 주지 않게 하여 주시옵소서.

감정적인 학대나 정신적인 고통을 서로에게 주지 않게 하여 주시옵소서.

두 사람 사이에 다툼이 생기고 불화가 일어나더라도 함께 주님 앞에 엎드리게 하여 주시옵소서.

그리고 그때마다 주님은 긍휼의 마음을 서로에게 부어 주셔서 서로 용납하고 연합하게 하여 주시옵소서.

주님 안에서 같은 꿈을 공유하고, 서로가 힘들 때 붙잡아주고, 서로 위로하고 사랑하며 아름다운 가정을 이루어가게 하여 주시옵소서.

예수님의 이름으로 기도드립니다.

아멘.

아내를 얻는 자는 복을 얻고 여호와께 은총을 받는 자니라(18:22)

다투는 여인과 함께 큰 집에서 사는 것보다

움막에서 사는 것이 나으니라(21:9)

다투며 성내는 여인과 함께 사는 것보다

광야에서 사는 것이 나으니라(21:19)

다투는 여인과 함께 큰 집에서 사는 것보다

움막에서 혼자 사는 것이 나으니라(25:24)

누가 현숙한 여인을 찾아 얻겠느냐

그의 값은 진주보다 더 하니라

그런 자의 남편의 마음은 그를 믿나니

산업이 핍절하지 아니하겠으며

그런 자는 살아 있는 동안에

그의 남편에게 선을 행하고 악을 행하지 아니하느니라(31:10~12)

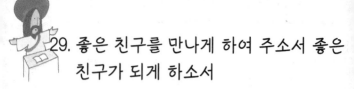

29. 좋은 친구를 만나게 하여 주소서 좋은 친구가 되게 하소서

나보다는 상대방을 생각하는 우정.
이러한 우정은 어떠한 어려움도 뚫고 나아갈 수 있는 힘을 준다.
– G. 무어

주님, ○○가 좋은 친구를 만나고 교제하기를 원합니다.

좋은 친구를 만나고 교제하는 것이 얼마나 중요한지 알고 있습니다. "새끼 빼앗긴 암곰을 만날지언정 미련한 일을 행하는 미련한 자를 만나지 말지니라"(17:12)는 말씀처럼 ○○가 나쁜 친구를 만나지 않도록 지켜 주시옵소서.

기름과 향처럼 조화롭고 아름다운 향기를 낼 수 있는 좋은 친구를 만나게 하여 주시옵소서.

다윗과 요나단처럼 깊은 우정을 나누며 서로를 사랑하는 친구를 만나게 하여 주시옵소서.

서로가 믿음으로 주님과 연결되어 있게 하여 주시옵소서.

주님, 서로서로 손을 내밀어 힘들 때 잡아주고 이끌어주며 주님 안에서 함께 자라가는 친구를 만나게 하여 주시옵소서.

서로에게 위로가 되는 친구가 되게 하여 주시옵소서.

주님께 받은 사명과 각자의 꿈이 다를지라도 서로서로 지지해

주고 기도로 후원하는 친구가 되게 하여 주시옵소서.

함께 악한 곳에 뛰어들지 않게 하여 주시고 서로 사랑의 빚 외에는 지지 않게 하여 주시옵소서.

주님, ○○가 좋은 친구를 만나기를 소원하지만 또 이 세상에는 좋은 친구가 너무 귀하다는 것을 알고 있습니다. 그리고 ○○의 주변에는 친구가 필요한 이들이 있다는 것을 알고 있습니다.

그러므로 주님, ○○가 누군가의 좋은 친구가 되어 줄 수도 있게 하여 주시옵소서. 다만, ○○가 믿음으로 흔들리지 않게 하시고 연약한 친구를 믿음으로 이끌게 하여 주시옵소서.

주님께서 우리에게 친구가 되어 주셨듯이 ○○가 주님 안에서 누군가의 선한 친구가 되도록 인도해 주시옵소서.

주님께서 ○○에게 좋은 친구를 만나게 하시고 또 ○○도 누군가에게 좋은 친구가 되게 하실 것을 믿습니다.

예수님의 이름으로 기도드립니다.

아멘.

물매돌 기도　**107**

차라리 새끼 빼앗긴 암곰을 만날지언정
미련한 일을 행하는 미련한 자를 만나지 말 것이니라(17:12)
친구는 사랑이 끊어지지 아니하고
형제는 위급한 때를 위하여 났느니라(17:17)
많은 친구를 얻는 자는 해를 당하게 되거니와
어떤 친구는 형제보다 친밀하니라(18:24)
기름과 향이 사람의 마음을 즐겁게 하나니
친구의 충성된 권고가 이와 같이 아름다우니라(27:9)
철이 철을 날카롭게 하는 것 같이
사람이 그의 친구의 얼굴을 빛나게 하느니라(27:17)

30. 이웃과 더불어 살아가는 자녀가 되게 하소서

나눔은 100미터 달리기에서는 필요가 없지만, 마라톤 경주에서는 진가를 발휘한다.
– 애덤 그랜트

주님, ○○가 이웃과 더불어 살아가는 자녀가 되기를 원합니다.

주님, ○○에게 더불어 살아가는 지혜를 주시옵소서.

이웃에게 먼저 다가가게 하시고 선을 베풀게 하여 주시옵소서.

이웃의 어려움에 눈을 감고 등을 돌리지 않게 하여 주시옵소서.

이웃의 평안을 위해 기도하게 하여 주시옵소서.

주님, ○○가 직장과 일터에서도 건강한 관계를 형성하게 하여 주시옵소서.

선임자를 존중하고 후임자를 보살피는 일에 능하게 하여 주시옵소서.

편을 만들고 분열시키는 일을 하지 않게 하여 주시고 어디에서나 더불어 함께하는 것을 위해 노력하게 하여 주옵소서.

○○가 잘 화합할 수 있는 동료들과 이웃들을 만나게 하시고 더불어 함께하는 즐거움을 경험하게 하여 주시옵소서.

주님, 이기적이고 독선적인 이웃을 만날 때에 ○○에게 지혜를 주시옵소서.

다툼을 피하게 하여 주시고 불필요한 언행으로 언쟁을 벌이지 않게 하여 주시옵소서. 주님을 믿기 때문에 좀 더 양보하고 인내하게 하여 주시옵소서.

주님도 우리를 위해 죄인의 누명을 쓰고 십자가를 지셨음을 기억하게 하시고 "원수가 배고파하거든 음식을 먹이고 목말라하거든 물을 마시게 하라 그리 하는 것은 핀 숯을 그의 머리에 놓는 것과 일반이요"(25:21~22)라는 말씀을 믿고 의지하여 악을 선으로 갚게 하여 주시옵소서.

불편한 이웃으로 인해 ○○가 힘들어 할 때에는 주님께서 위로해 주시고 ○○를 사랑하는 따뜻한 이웃들로부터 격려를 받게 하여 주시옵소서.

○○가 가족과 같은 이웃들로 더불어 살게 하시고 함께 기뻐하고 슬픔을 나누며 살아가게 하여 주시옵소서.

주님, ○○는 이웃들에게 주님의 향기를 나타내는 선한 사마리아인과 같은 이웃이 되게 하여 주시옵소서.

예수님의 이름으로 기도드립니다.

아멘.

네 손이 선을 베풀 힘이 있거든
마땅히 받을 자에게 베풀기를 아끼지 말며
네게 있거든 이웃에게 이르기를
갔다가 다시 오라 내일 주겠노라 하지 말며
네 이웃이 네 곁에서 평안히 살거든 그를 해하려고 꾀하지 말며
사람이 네게 악을 행하지 아니하였거든
까닭 없이 더불어 다투지 말며
포학한 자를 부러워하지 말며
그의 어떤 행위도 따르지 말라(3:27~31)
너는 이웃과 다투거든 변론만 하고
남의 은밀한 일은 누설하지 말라(25:9)
네 원수가 배고파하거든 음식을 먹이고
목말라하거든 물을 마시게 하라
그리 하는 것은 핀 숯을 그의 머리에 놓는 것과 일반이요
여호와께서 네게 갚아 주시리라(25:21~22)
네 친구와 네 아비의 친구를 버리지 말며
네 환난 날에 형제의 집에 들어가지 말지어다
가까운 이웃이 먼 형제보다 나으니라(27:10)

112 자녀를 축복하는

기도 제목 적어보기

1. _____

2. _____

3. _____

4. _____

5. _____

31. 건강하게 살아가는 자녀가 되게 하소서

건강한 몸을 지닌 자가 아니고서는 좋은 부모, 좋은 자식, 좋은 이웃이 되기 어렵다.
– 페스탈로치

주님, ○○가 평생 건강하게 살게 하여 주시옵소서.

"여호와를 경외하면 장수하느니라"(10:27)는 말씀을 믿습니다.

○○가 주님을 경외하며 살게 하시고 건강한 삶을 누리게 하여 주시옵소서.

주님, ○○에게 건강의 은혜를 부어 주시옵소서.

○○가 하나님이 주신 건강한 신체를 소중히 하고 가꾸는 습관을 가지게 하여 주시옵소서.

몸을 위해 한 가지 이상의 운동을 취미로 갖게 하여 주시옵소서.

꾸준한 운동을 통해 항상 활력 있는 몸을 유지하게 하여 주시옵소서.

건강에 좋지 않는 습관들로부터 지켜 주시옵소서.

몸에 좋지 않은 음식들을 싫어하거나 절제할 수 있도록 하여 주시옵소서.

좋은 식습관을 가져 음식을 두루 좋아하게 하시고 폭식이나 거식증 등과 같은 해로운 식습관을 갖지 않도록 도와주시옵소서.

담배나 알코올과 같은 해로운 것들로부터 지켜 주시옵소서.

늘 부지런하게 하여 주시고 게으르고 나태한 습관을 갖지 않도록 하여 주시옵소서.

주님, ○○의 몸에 건강과 더불어 아름다움을 주시옵소서.

스스로의 몸을 사랑하게 하여 주시옵소서.

주님, 그러나 몸을 가꾸는 것을 내면을 가꾸는 것보다 더 중요하게 여기지 않게 하여 주시옵소서.

몸의 건강과 더불어 내면의 건강을 지키게 하여 주시옵소서.

주님께서 주신 몸을 사랑하고 온전하게 가꾸게 하시고 몸에 대하여 죄를 짓지 않게 하여 주시옵소서.

주님, ○○가 평생 자신의 몸을 잘 관리하여 건강하게 살게 하시고 깨끗하고 정결한 몸으로 주님과 동행하게 하여 주시옵소서.

예수님의 이름으로 기도드립니다.

아멘.

오직 내 말을 듣는 자는 평안히 살며
재앙의 두려움이 없이 안전하리라 (1:33)
내 아들아 나의 법을 잊어버리지 말고 네 마음으로 나의 명령을 지키라
그리하면 그것이 네가 장수하여 많은 해를 누리게 하며
평강을 더하게 하리라(3:1~2)
내 아들아 완전한 지혜와 근신을 지키고
이것들이 네 눈 앞에서 떠나지 말게 하라
그리하면 그것이 네 영혼의 생명이 되며 네 목에 장식이 되리니
네가 네 길을 평안히 행하겠고 네 발이 거치지 아니하겠으며
네가 누울 때에 두려워하지 아니하겠고
네가 누운즉 네 잠이 달리로다(3:21~24)
내 아들아 들으라 내 말을 받으라 그리하면 네 생명의 해가 길리라(4:10)
여호와를 경외하면 장수하느니라
그러나 악인의 수명은 짧아지느니라(10:27)
사람은 그 입의 대답으로 말미암아 기쁨을 얻나니
때에 맞는 말이 얼마나 아름다운고(15:23)

32. 가슴 뛰는 일을 하는 자녀가 되게 하소서

깊은 의미를 지닌 목표와 이루어야만 하는 꿈을 꿀 때,
표현해야 하는 순수한 사랑이 우리의 마음을 움직여 자극할 때,
그때가 우리들이 진정 살아 있는 순간이다.
- 그레그 앤더슨

주님, ○○가 가슴 뛰는 일을 하며 살아가는 자녀가 되기를 원합니다.
많은 사람들이 꿈이 없이 살아갑니다.
꿈이 있어도 현실을 이야기 하며 원하지 않는 일을 하고 살아갑니다.
단지 살아가기 위해서, 물질을 얻기 위해서 직장과 일을 선택합니다.
주님, ○○는 자신이 원하는 가슴 뛰는 일을 하며 살기를 원합니다.
어려서부터 꿈이 있게 하여 주시옵소서.
꿈을 붙잡기 위해 도전하는 ○○가 되게 하여 주시옵소서.
그러나 주님께서 좋은 도전을 주시고 비전을 제시해 주시옵소서.
허망한 꿈을 꾸지 않게 하여 주시고, 재능과 시간을 엉뚱한 곳에 낭비하지 않게 하여 주시옵소서.

○○의 꿈과 주님의 뜻이 함께 가게 하여 주시옵소서.
그리고 주님, 부모로서 ○○가 주님 안에서 꿈을 가질 때 그 꿈을 지지할 수 있게 하여 주시옵소서.
부모로서의 욕심보다 ○○의 행복을 우선 할 수 있는 지혜를 주시옵소서.

○○가 만날 배우자도 ○○의 꿈을 함께 공유할 수 있게 하여 주시옵소서.

주님, ○○가 많은 돈을 버는 것보다 정말 즐거워하는 일을 찾게 하여 주시옵소서.

실패하더라도 즐겁게 도전할 수 있는 일을 하게 하여 주시옵소서.

일을 통해 행복해 하고 보람을 느끼며 만족하는 삶을 살게 하여 주시옵소서.

그러나 일과 성취에 너무 집착하지 않게 하여 주시옵소서.

성실하게 일을 하지만 가족과 함께하는 시간을 더 소중하게 여기게 하여 주시옵소서.

주님, ○○가 꿈을 그려가고 만들어가는 모습이 누군가에게는 본이 되게 하여 주시옵소서.

○○를 통해 꿈을 꾸는 사람들이 많아지게 하시고 ○○를 통해 꿈을 이루시는 주님의 이름이 선포되어지게 하여 주시옵소서.

예수님의 이름으로 기도드립니다.

아멘.

부지런한 자의 손은 사람을 다스리게 되어도
게으른 자는 부림을 받느니라(12:24)
게으른 자는 마음으로 원하여도 얻지 못하나
부지런한 자의 마음은 풍족함을 얻느니라(13:4)
자기의 일을 게을리하는 자는 패가하는 자의 형제니라(18:9)
네 양 떼의 형편을 부지런히 살피며 네 소 떼에게 마음을 두라(27:23)
자기의 토지를 경작하는 자는 먹을 것이 많으려니와
방탕을 따르는 자는 궁핍함이 많으리라(28:19)

33. 좋은 취미를 가진 자녀가 되게 하소서

여가시간이 사라지는 것 같으면 조심하라.
영혼도 따라서 사라질 수 있으니까.
– 로건 스미스

주님, ○○가 좋은 취미를 가지기 원합니다.

주님, ○○를 지혜롭게 하여 주시옵소서.

좋은 것에 마음이 끌리게 하여 주시옵소서.

술 취함과 같은 방탕한 것으로부터 지켜 주시옵소서.

허영과 과시욕을 드러내는 취미를 가지지 않게 하여 주시옵소서.

너무 많은 시간을 빼앗기는 취미를 가지지 않게 하여 주시옵소서.

돈을 낭비하게 하는 취미를 가지지 않게 하여 주시옵소서.

허탄한 취미를 가지지 않게 하여 주시옵소서.

도박과 같이 사행성이 있고 중독성이 있어 삶을 파괴하는 악한 것을 좋아하지 않게 하여 주시옵소서.

미디어에 너무 많은 시간을 빼앗기지 않게 하시고 절제하게 하여 주시옵소서.

사람들과 함께 교제할 수 있는 취미를 가지게 하여 주시옵소서.

배우자와 가족이 함께할 수 있는 취미를 가지게 하여 주시옵소서.

밝고 건전한 취미를 가지게 하여 주시옵소서.

이웃을 섬기고 이롭게 하는 취미를 가지게 하여 주시옵소서.

스스로를 개발하고 성장시킬 수 있는 취미를 가지게 하여 주시옵소서.

창조적인 취미를 가지게 하여 주시옵소서.

몸을 건강하게 하는 취미를 가지게 하여 주시옵소서.

마음을 풍요롭게 하는 취미를 가지게 하여 주시옵소서.

지나친 경쟁심을 유발하는 취미를 가지지 않게 하여 주시옵소서.

주님, ○○가 깨끗하고 건전한 취미를 가지며 마음의 즐거움과 여유를 가지고 살아갈 수 있도록 인도하여 주시옵소서.

예수님의 이름으로 기도드립니다.

아멘

술을 즐겨 하는 자들과 고기를 탐하는 자들과도 더불어 사귀지 말라

술 취하고 음식을 탐하는 자는 가난하여질 것이요

잠 자기를 즐겨 하는 자는 해어진 옷을 입을 것임이니라(23:20~21)

술에 잠긴 자에게 있고 혼합한 술을 구하러 다니는 자에게 있느니라

포도주는 붉고 잔에서 번쩍이며 순하게 내려가나니

너는 그것을 보지도 말지어다

그것이 마침내 뱀같이 물 것이요 독사같이 쏠 것이며

또 네 눈에는 괴이한 것이 보일 것이요

네 마음은 구부러진 말을 할 것이며

너는 바다 가운데에 누운 자 같을 것이요

돛대 위에 누운 자 같을 것이며

네가 스스로 말하기를 사람이 나를 때려도 나는 아프지 아니하고

나를 상하게 하여도 내게 감각이 없다

내가 언제나 깰까 다시 술을 찾겠다 하리라(23:30~35)

34. 넉넉히 누리며 나눌 수 있는 물질의 복을 주시옵소서

네가 네 하나님 여호와의 말씀을 청종하면 이 모든 복이 네게 임하며 네게 이르리니 성읍에서도 복을 받고 들에서도 복을 받을 것이며 네 몸의 자녀와 네 토지의 소산과 네 짐승의 새끼와 소와 양의 새끼가 복을 받을 것이며 네 광주리와 떡 반죽 그릇이 복을 받을 것이며 네가 들어와도 복을 받고 나가도 복을 받을 것이니라.
– 신명기 28:2~6

주님, ○○에게 물질의 복을 주시옵소서.

주님께서 ○○에게 필요한 물질을 부어 주시기를 원합니다.

주님, ○○가 물질 때문에 힘들어 하지 않기를 원합니다.

○○가 주님 안에서 물질을 소중히 여기고 성실하게 노력하며 살아갈 때에 물질의 복을 주시옵소서.

○○가 물질 때문에 너무나 많은 시간과 에너지를 소비해 버리지 않게 하여 주시옵소서.

○○에게 물질의 복을 주시되 ○○가 감당할 수 없는 물질은 주시기를 원치 않습니다. 물질의 많음으로 인해 넘어지지 않게 하여 주시옵소서.

물질의 풍요로움보다 주님을 믿는 믿음의 풍요로움을 누리며 살기 원합니다.

그러나 가난하지 않게 하여 주시옵소서.

빈곤으로 인해 근심하며 걱정하지 않기를 원합니다.

물질이 없음으로 물질에 집착하고 물질에 매여 온전히 주님을 섬기지 못하는 삶을 살지 않게 하여 주시옵소서.

주님, ○○는 주님께서 주시는 물질의 복을 따라 감사하며 살아가게 하여 주시옵소서.

또한 이웃과 함께 나누며 살아가게 하여 주시옵소서.

없는 중에라도 나눌 수 있게 하여 주시옵소서.

그러나 "구제를 좋아하는 자는 풍족하여질 것이요 남을 윤택하게 하는 자는 자기도 윤택하여지리라"(11:25)는 말씀을 믿사오니 ○○에게 말씀대로 응답하여 주시옵소서.

○○가 물질의 복을 누리되 오만하거나 자랑하지 않게 하여 주시옵소서.

가지지 못한 자를 무시하지도 않게 하여 주시옵소서.

경솔한 나눔으로 연약한 이웃의 마음에 상처를 주지 않게 하여 주시옵소서.

주님, ○○가 은밀히 섬기고 드러내지 않는 보이지 않는 선한 손을 가지고 살아가게 하여 주시옵소서.

예수님의 이름으로 기도드립니다.

아멘.

네 재물과 네 소산물의 처음 익은 열매로 여호와를 공경하라
그리하면 네 창고가 가득히 차고
네 포도즙 틀에 새 포도즙이 넘치리라(3:9~10)
나를 사랑하는 자들이 나의 사랑을 입으며
나를 간절히 찾는 자가 나를 만날 것이니라
부귀가 내게 있고 장구한 재물과 공의도 그러하니라
내 열매는 금이나 정금보다 나으며
내 소득은 순은보다 나으니라
나는 정의로운 길로 행하며 공의로운 길 가운데로 다니나니
이는 나를 사랑하는 자가 재물을 얻어서
그 곳간에 채우게 하려 함이니라(8:17~21)

35. 성취하는 기쁨을 경험하며 사는 자녀가 되게 하소서

우리는 얻는 것을 통해 생계를 유지하고, 주는 일을 통해 기쁨의 삶을 만들어 간다.
– 윈스턴 처칠
하나의 목표 성취는 더 나은 목표의 출발점이 되어야 한다.
– 알렉산더 그레이엄 벨

주님, ○○가 성취하는 기쁨을 맛보는 삶을 살아가기 원합니다.

○○가 열정을 가지고 성실히 일할 때에 땀 흘리고 수고하는 결실을 확실히 맛보게 하여 주시옵소서.

○○가 주님께 기도하고 맡기며 일할 때에 더욱더 풍성한 결실을 확실히 맛보게 하여 주시옵소서.

한두 번 실패하더라도 좌절하지 않고 도전할 때에 성공하는 기쁨을 경험하게 하여 주시옵소서.

○○가 정직하고 정의로운 방법을 선택하여 일을 할 때에 결국에는 성취하는 기쁨을 맛보게 하여 주시옵소서.

그러나 주님, ○○가 요행을 바라고 일할 때에는 실패하게 하여 주시옵소서.

부정하고 잘못된 방법을 선택할 때에도 실패하게 하여 주시옵소서.

하나님의 뜻을 묻지 않고 자신의 판단만으로 일할 때에도 실패하게 하여 주시옵소서.

주님, 부모로서 자녀의 실패를 원하지는 않습니다. 그러나 ○○가 주님께서 기뻐하시지 않는 성공을 기뻐하는 것도 원하지 않습니다.

○○는 주님 안에서 성취를 경험하게 하여 주시옵소서.

성공을 경험하면 경험할수록 주님 앞에 겸손한 ○○가 되게 하여 주시옵소서.

자신의 성공을 자랑하지 않고 하나님께 감사하는 ○○가 되게 하여 주시옵소서.

주님, ○○가 수많은 성공과 성취를 경험하며 살아가기를 원합니다.

그러므로 ○○를 붙들어 주셔서 언제나 정의롭고 정직하게 일하게 하여 주시고 주님께 기도하며 뜻을 구하고 의탁하는 삶을 살게 하여 주시옵소서.

주님, ○○가 주님 안에서 많은 성공을 성취하며 믿음 안에 살아가는 삶의 모델이 되게 하여 주시옵소서.

예수님의 이름으로 기도드립니다.

아멘.

손을 게으르게 놀리는 자는 가난하게 되고
손이 부지런한 자는 부하게 되느니라(10:4)
유덕한 여자는 존영을 얻고 근면한 남자는 재물을 얻느니라(11:16)
의인의 열매는 생명 나무라 지혜로운 자는 사람을 얻느니라 (11:30)
자기의 토지를 경작하는 자는 먹을 것이 많거니와
방탕한 것을 따르는 자는 지혜가 없느니라(12:11)
게으른 자는 마음으로 원하여도 얻지 못하나
부지런한 자의 마음은 풍족함을 얻느니라 (13:4)
소원을 성취하면 마음에 달아도 미련한 자는
악에서 떠나기를 싫어하느니라(13:19)

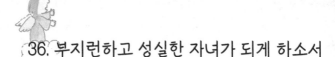

36. 부지런하고 성실한 자녀가 되게 하소서

백 권의 책보다 그 사람의 성실한 마음이
사람을 움직이는데 힘이 더 클 것이다.
– B.프랭클린

주님, ○○가 부지런하고 성실한 자녀가 되게 하여 주시옵소서.

게으르고 나태함으로 주님께서 주신 귀한 시간들을 낭비하지 않게 하여 주시옵소서.

주님, ○○에게 땀의 가치를 알게 하여 주시옵소서.

한 순간의 요행을 기대하며 살지 않게 하여 주시옵소서.

주님께서 주신 재능만 믿고 안주하지 않게 하여 주시옵소서.

성실함이 곧 재능이고 보배임을 깨닫게 하여 주시옵소서.

성실하고 부지런히 살아갈 때 무엇이든 제대로 결실을 맺는다는 것을 깨닫게 하여 주시옵소서.

정직하고 진실하게 맡은 일들을 잘 감당하게 하여 주시옵소서.

규칙적이고 좋은 생활 습관을 가지게 하여 주시옵소서.

주님, ○○가 성실하고 부지런한 만큼 쉼의 가치를 알게 하시고 주님 안에서 쉼을 잘 누리게 하여 주시옵소서.

주님, ○○가 어떠한 자리에 있든지 성실한 리더가 되게 하여 주시옵소서.

권위적이고 지시적인 리더가 되지 않게 하여 주시고 항상 본이 되고 모델이 되는 리더로서 다른 이들을 이끌게 하여 주시옵소서.

　주님, ○○가 언제나 부지런히 살아 갈 수 있도록 육체의 건강을 주시옵소서.
　주님, ○○에게 분별력을 주셔서 우선순위를 잘 알게 하여 주시옵소서.
　필요하지 않은 일에 부지런하지 않게 하여 주시고 정말 소중하고 가치 있는 일에 성실하게 하여 주시옵소서.
　일에만 몰두하는 삶을 사는 것이 아니라 주님과 교제하는 것, 가족들과 사랑을 나누는 것, 이웃들과 더불어 살아가는 것에 성실하게 하여 주시옵소서.

　주님, ○○가 늘 성실하고 진실한 삶을 살게 하여 그리스도인의 아름다운 모습을 세상에 증명하게 하여 주시옵소서.
　예수님의 이름으로 기도드립니다.
　아멘

게으른 자여 개미에게 가서 그가 하는 것을 보고 지혜를 얻으라

개미는 두령도 없고 감독자도 없고 통치자도 없으되

먹을 것을 여름 동안에 예비하며 추수 때에 양식을 모으느니라(6:6~8)

게으른 자는 마음으로 원하여도 얻지 못하나

부지런한 자의 마음은 풍족함을 얻느니라(12:4)

가난하여도 성실하게 행하는 자는 입술이 패역하고

미련한 자보다 나으니라(19:1)

정직한 자를 악한 길로 유인하는 자는

스스로 자기 함정에 빠져도 성실한 자는 복을 받느니라(28:10)

성실하게 행하는 자는 구원을 받을 것이나

굽은 길로 행하는 자는 곧 넘어지리라(28:18)

37. 죄에 넘어지지 않게 하여 주시옵소서

경건한 예배는 치유요, 하나님과의 합일이며, 도전을 주어 영혼에 성결한 힘을
준다.
– 허버트

주님, 죄에 넘어지지 않게 하여 주시옵소서.

믿음 안에서 살아가고 의롭게 살아가는 ○○가 되기를 원합니다.

그러나 이 세대가 악하고 곳곳에 수많은 죄의 유혹이 납작 엎드려서
삼킬 때를 기다리고 있습니다.

믿음의 사람이라도 순식간에 넘어지는 모습을 봅니다.

주님, ○○를 붙들어 주시옵소서.

"좌로나 우로나 치우치지 말고 네 발을 악에서 떠나게 하라"(4:27)는
말씀을 항상 가슴에 품고 주님 중심으로 살아가게 하여 주시옵소서.

○○에게 분별력을 주시기를 원합니다.

옳은 길 같으나 구부러진 길이 너무 많고, 사는 길 같으나 죽는 길이
너무 많습니다.

주님, ○○가 어떤 일을 만나, 결정하고 시작하든지 언제나 주님 앞
에 겸손히 엎드리게 하여 주시옵소서.

악한 이들의 올무에 걸리지 않게 하여 주시고 속임당하고 이용당하
지 않게 하여 주시옵소서.

주님, 모든 사고로부터 ○○를 보호하여 주시옵소서.

원하지 않더라도 잠깐의 부주의로 죄를 짓기 쉬운 세대입니다.

언제나 안전과 사람을 생각하는 ○○가 되게 하여 주셔서 실수로 인해 누군가에게 해를 끼치는 일을 하지 않게 하여 주시옵소서.

주님, ○○에게 의로운 마음을 주시고 언제나 선을 택하게 하여 주시옵소서.

물질이나 자존심 등 그 어떤 자기 자랑보다 주님께서 원하시는 선함을 분별할 수 있게 하여 주시옵소서.

길을 안다고 자만하지 않고 언제나 겸손하게 주님 앞에 엎드리며 살아가는 ○○가 되게 하여 주셔서 죄에 넘어지지 않게 하여 주시옵소서.

예수님의 이름으로 기도드립니다.

아멘.

좌로나 우로나 치우치지 말고 네 발을 악에서 떠나게 하라(4:27)

바른 길로 행하는 자는 걸음이 평안하려니와

굽은 길로 행하는 자는 드러나리라(10:9)

악을 떠나는 것은 정직한 사람의 대로이니

자기의 길을 지키는 자는 자기의 영혼을 보전하느니라

교만은 패망의 선봉이요 거만한 마음은 넘어짐의 앞잡이니라

겸손한 자와 함께하여 마음을 낮추는 것이 교만한 자와 함께하여

탈취물을 나누는 것보다 나으니라(16:17~19)

온전하게 행하는 자가 의인이라 그의 후손에게 복이 있느니라(20:7)

38. 배우기를 즐거워하는 자녀가 되게 하소서

> 가장 고상한 즐거움은 깨닫는 즐거움이다. – 어거스틴

주님, ○○가 배우기를 즐거워하는 자녀가 되기를 원합니다.

주님, ○○가 어려서부터 세상을 호기심을 가지고 탐구하게 하여 주시옵소서.

새로운 지식을 접하게 될 때에 주님께서 지혜와 명철을 주셔서 빨리 이해하고 깨우치게 하여 주시옵소서.

주님, ○○가 배우고 알아가는 즐거움을 맛보게 하여 주시옵소서.

성실하게 배우고 익히게 하여 주시옵소서.

주님, ○○가 배움에 성실하기를 원하나 배움의 목적 또한 분명히 알게 하여 주시옵소서.

단지 경쟁에서 승리하고 기득권을 얻기 위해서 배우지 않게 하여 주시옵소서.

배움의 지식을 창조적으로 활용하여 세상에 기여할 수 있게 하여 주시옵소서.

주님, ○○가 많은 것을 배울수록 겸손하게 하여 주시옵소서.

사람과의 관계에서 지식을 자랑하지 않게 하시고 누구에게든지 배울

것이 있음을 깨닫고 겸손하게 하여 주시옵소서.

평생 배우는 자세를 가지고 살게 하여 주시옵소서.

무엇보다 주님을 알아 가는데 관심을 갖게 하여 주시옵소서.

주님의 말씀을 사모하여 늘 묵상하고 말씀으로부터 배우게 하여 주시옵소서.

주님의 말씀에 순종하면서 주님을 깊이 알게 하여 주시옵소서.

주님, ○○가 배우는 자로만 머무르지 않기를 원합니다.

배우고 익힌 것을 나누어 주는 자녀가 되기를 원합니다.

○○가 훌륭한 스승들에게 배웠듯이 ○○도 누군가에게 훌륭한 스승이 되게 하여 주시옵소서.

○○가 다른 이들에게 삶의 지혜와 생명의 지식을 가르치는 삶을 살게 하여 주시옵소서.

예수님의 이름으로 기도드립니다.

아멘.

지혜가 제일이니 지혜를 얻으라

네가 얻은 모든 것을 가지고 명철을 얻을지니라

그를 높이라 그리하면 그가 너를 높이 들리라

만일 그를 품으면 그가 너를 영화롭게 하리라

그가 아름다운 관을 네 머리에 두겠고

영화로운 면류관을 네게 주리라 하셨느니라

내 아들아 들으라 내 말을 받으라

그리하면 네 생명의 해가 길리라(4:7~10)

내 아들아 내 지혜에 주의하며 내 명철에 네 귀를 기울여서

근신을 지키며 네 입술로 지식을 지키도록 하라(5:1~2)

너는 권고를 들으며 훈계를 받으라

그리하면 네가 필경은 지혜롭게 되리라

사람의 마음에는 많은 계획이 있어도

오직 여호와의 뜻만이 완전히 서리라(19:20~21)

39. 사랑받는 자녀가 되게 하소서

예수는 지혜와 키가 자라가며 하나님과 사람에게 더욱 사랑스러워 가시더라.
– 누가복음 2:52

주님, ○○가 사랑받는 자녀가 되기를 원합니다.

어느 곳에 있든지 항상 사람들로부터 사랑을 받게 하여 주시옵소서.

주님, 먼저 부모인 저희로부터 충분한 사랑을 받게 하여 주시옵소서.

부모로서 ○○를 사랑합니다.

그러나 사랑한다 하여도 언제나 부족함을 느낍니다.

주님, 부모인 저희들에게 ○○를 사랑할 수 있는 힘과 능력을 주시옵소서.

또한, ○○가 저희 부모로부터 충분히 사랑을 경험하고 사랑하는 방법을 알게 하여 주시옵소서.

주님, ○○가 성장하는 과정에서 만나는 모든 스승들과 어른들에게 사랑을 받게 하여 주시옵소서.

주님 ○○가 사람들에게 사랑스러운 자녀가 되게 하여 주시옵소서.

사람들에게 인정받고 보호받는 따뜻한 경험을 하게 하여 주시옵소서.

그래서 ○○도 사랑을 잘 표현하는 자녀가 되기를 원합니다.

주님처럼 사랑을 실천하는 자녀가 되기를 원합니다.

주님, 무엇보다도 주님의 사랑을 받는 자녀가 되기를 원합니다.

예수님께서 지혜와 키가 자라가며 하나님과 사람에게 사랑스러워 가셨던 것처럼, ○○ 역시 주님께 사랑스러운 자녀가 되기를 원합니다.

사람의 사랑은 한계가 있고 늘 모자라지만 주님의 사랑은 온전하십니다.

사람의 사랑은 계산적이고 나약하지만 주님의 사랑은 완전하십니다.

이미 그 크신 사랑으로 십자가의 은혜를 누리고 있음에 감사합니다.

○○가 이 땅을 살면서 주님 앞에 서는 날까지 주님의 특별한 사랑을 지속적으로 받으며 살게 하여 주시옵소서.

그리고 ○○도 주님께 받은 사랑으로 세상을 사랑하는 자녀가 되게 하여 주시옵소서.

예수님의 이름으로 기도드립니다.

아멘.

나를 사랑하는 자들이 나의 사랑을 입으며

나를 간절히 찾는 자가 나를 만날 것이니라

부귀가 내게 있고 장구한 재물과 공의도 그러하니라

내 열매는 금이나 정금보다 나으며 내 소득은 순은보다 나으니라 (8:17~19)

악인의 제사는 여호와께서 미워하셔도

정직한 자의 기도는 그가 기뻐하시느니라

악인의 길은 여호와께서 미워하셔도 공의를 따라가는 자는

그가 사랑하시느니라 (15:8~9)

채소를 먹으며 서로 사랑하는 것이 살진 소를 먹으며

서로 미워하는 것보다 나으니라 (15:17)

친구는 사랑이 끊어지지 아니하고

형제는 위급한 때를 위하여 났느니라 (17:17)

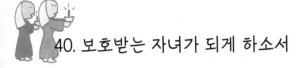

40. 보호받는 자녀가 되게 하소서

여호와의 분깃은 자기 백성이라 야곱은 그가 택하신 기업이로다
여호와께서 그를 황무지에서, 짐승이 부르짖는 광야에서 만나시고 호위하
시며 보호하시며 자기의 눈동자같이 지키셨도다.
– 신명기 32:9, 10

주님, ○○를 보호하여 주시옵소서.

참으로 위험한 일들이 많은 세상입니다.

매 순간 수많은 사고로 사람들이 생명을 잃고 있습니다.

또 큰 장애를 입어 평생을 고통 속에 살고 있습니다.

주님, ○○가 그런 불행을 경험하지 않기를 원합니다.

주님께서 ○○에게 피할 바위가 되시고 안전한 망대가 되어 주시옵소서.

위험한 장소를 피하게 하여 주시고, 위험한 일을 하지 않게 하여 주시옵소서.

악한 사람들의 올무에 걸리지 않게 하여 주시옵소서.

사람들과 다투고 원수를 만들지 않게 하여 주시옵소서.

모든 사고로부터 지켜 주시옵소서.

가족의 안전과 스스로의 안전을 생각하고 항상 안전을 점검하는 습관을 가지게 하여 주시옵소서.

재난으로부터 지켜 주시고, 위급한 상황에 대처할 수 있는 능력을 키우게 하여 주시옵소서.

평소에 건강을 위해 운동을 하고 좋은 습관을 가지게 하여 주시옵소서.

심각한 질병으로부터 보호하여 주시옵소서.

병원에서 치료를 받을 때에는 언제나 유능하고 좋은 의사를 통해 치료받게 하여 주시고 주님께서 보호하셔서 건강하게 회복되게 하여 주시옵소서.

그러나 주님, ○○가 자기 자신의 안위만을 생각하는 사람은 되지 않게 하여 주시옵소서.

도움이 필요한 사람, 생명이 위급한 상황에 처한 이들의 요청에 주님의 마음으로 참여하게 하여 주시옵소서. 그리고 주님은 그런 용기를 지닌 순간에 특별히 보호하여 주셔서 반드시 지켜 주시옵소서.

○○가 평생 주님의 도우심의 날개 아래 거하게 하시고 또한 ○○도 살아가면서 누군가를 보호하고 지킬 수 있게 하여 주시옵소서.

예수님의 이름으로 기도드립니다.

아멘.

어리석은 자의 퇴보는 자기를 죽이며
미련한 자의 안일은 자기를 멸망시키려니와
오직 내 말을 듣는 자는 평안히 살며
재앙의 두려움이 없이 안전하리라(1:32~33)
여호와의 이름은 견고한 망대라
의인은 그리로 달려가서 안전함을 얻느니라(18:10)
도둑과 짝하는 자는 자기의 영혼을 미워하는 자라
그는 저주를 들어도 진술하지 아니하느니라
사람을 두려워하면 올무에 걸리게 되거니와
여호와를 의지하는 자는 안전하리라
주권자에게 은혜를 구하는 자가 많으나
사람의 일의 작정은 여호와께로 말미암느니라(29:24~26)

기도 제목 적어보기

1. _____

2. _____

3. _____

4. _____

5. _____

이와 같이 성령도 우리의 연약함을 도우시나니
우리는 마땅히 기도할 바를 알지 못하나
오직 성령이 말할 수 없는 탄식으로 우리를 위하여 친히 간구하시느니라

로마서 8:26

잠언에서 만난 자녀 축복 기도문

자녀를 축복하는
물매돌 기도

지 은 이 박근우

초판 1쇄 2016년 6월 30일
초판 2쇄 2016년 7월 10일

펴 낸 곳 사무엘출판사
발 행 인 이규종
등　　록 제313-2006-000151호(2006년 7월 22일)

주　　소 서울 마포구 망원동 379-41
전　　화 02-6401-7004
팩　　스 080) 088-7004

값 4,800원